JN311277

ゆず女房

料理人季蔵捕物控

和田はつ子

時代小説文庫

角川春樹事務所

本書は、時代小説文庫（ハルキ文庫）の書き下ろし作品です。

目次

第一話　冬どんぶり

一

師走《しわす》が近づくと、江戸の冬は一段と寒さを増す。

時折、小雪の散らつく年も多かったが、今年は骨の髄まで冷え切るような寒風が、日々吹きつけていた。

日本橋は木原店《きはらだな》近くの往来で、たまたま行き合わせた職人風の男二人が話をしている。

「いい天気だが寒いぜ」

年配の男の挨拶《あいさつ》代わりである。

「こういう時はこれでいきたいもんですよ」

猪口《ちょこ》を手にする仕種《しぐさ》をした若い男に、

「おいおい、昼酒なんぞ贅沢《ぜいたく》だぞ。お互い、餅代《もちだい》ぐれえは稼がねえと年が越せなくなる」

「何せ、師走ですからねえ」

ため息をついた若いほうの男は、わき目もふらずに早足で歩いている、商家の手代《てだい》の姿に目を遣《や》った。

　半年分の掛け売りの代金の回収に精を出す、商家の手代たちの懸命な姿は、師走の風物詩と呼ぶには、あまりに悲愴《ひそう》すぎる。

　ため息をついた若い男の腹の虫が鳴った。

「腹が空《す》いてきました」

「腹が空くと寒さが酷《ひど》くなる。近くまで来たんだ。寄っていかねえか？」

「塩梅屋《あんばいや》の商いは夕方からでしょう？」

「冬場は昼に限って、飯を出してるはずだ。去年の鶏団子うどんが評判になっちまったんで、今年もきっとそれだ。あれで大食い競《くら》べをすりゃあ、俺は勝つぜ」

　どうやら、年配の男は痩《や》せの大食いのようであった。

「俺も食いに行きたかったんですけど、何しろ、親方が死んでからというもの、仕事が減って、余裕がなくなっちまって――」

　若い方は懐《ふところ》を押さえて顔をしかめ、

「今年もたいして変わりはないんで、このところ、昼は我慢してるんです」

「それで痩せたんだな。俺より頰《ほお》がこけてるぜ。冬に痩せると風邪《かぜ》に罹《かか》りやすいっていうからな。よくねえぜ。どれ、久しぶりに会ったんだ。俺がおごる」

「それじゃ、今日はお言葉に甘えて――。必ず、次は俺がおごります」

「いいんだってことよ」

こうして、職人風の男二人は塩梅屋の暖簾《のれん》を潜《くぐ》った。

「あらっ、お久しぶり――」

一膳飯屋《いちぜんめしや》塩梅屋の看板娘おき玖《く》は、まずは、勝二《かつじ》に声を掛けて、

「今時分に辰吉《たつきち》さんが、塩梅屋《うち》に立ち寄ってくれるなんてのも珍しい」

辰吉を見つめた。

塩梅屋の商いは夕方からである。

指物師《さしものし》の婿養子である勝二、大工の辰吉、履物屋の隠居喜平《きへい》の三人は、塩梅屋の先代からの常連であった。

だが、勝二は指物師の親方である舅《しゅうと》が病で死んでからというもの、女房と一粒種の勝一《かついち》に雨露を凌《しの》がせ、糊口《ここう》を凌がせるために、減った仕事の分を取り戻そうと懸命で、喜平や辰吉とのつきあいはもちろん、塩梅屋にも無沙汰《ぶさた》だった。

「何だ、鶏団子うどんじゃねえのかい？」

塩梅屋では、ちょうど、主《あるじ》の季蔵《としぞう》、おき玖、下働きの三吉《さんきち》が昼の賄《まかな》いを口にしていたところであった。

「まだ、師走には、何日か間がありますから」

応えた季蔵は、

「今日の賄いは茶漬けなのですが、よろしければ、召し上がっていきませんか？」

二人に茶漬けを勧めた。

「美味《うま》いよ、美味い。甘辛味の茶漬け、これぞ、江戸っ子の味だ」

辰吉はさらさらと二膳、掻《か》き込んだところで、

「ところで、いったい、こりゃあ、何の佃煮《つくだに》だい？」

「鮪《まぐろ》です」

「鮪かあ――」

辰吉は顔をしかめて箸《はし》を宙に泳がせた。

「お口に合いませんでしたか？」

「そんなこたあねえんだが――」

辰吉は言い淀《よど》んだ。

脂の多い鮪は秋刀魚《さんま》や鯵《あじ》、鰯《いわし》とはまた別格の下魚とされていて、赤身を味わうねぎま鍋《なべ》とて庶民の食べ物にすぎず、中トロ、大トロともなれば、犬も食わぬと誹《そし》られ、肥料にされることが多かった。

もちろん安く仕入れられる。

一方、勝二は、

「鮪の滋味で身体が生き返るようです。わたしには是非、もう一膳」

空の飯碗《めしわん》をおき玖に差し出しかけて、

「でも、一膳幾らということであれば――」

そっと辰吉を盗み見た。

「もとより、これは賄いですので、お代はいただきません。すぐにお代わりをさしあげます」

微笑《ほほえ》んだ季蔵は、また、鮪の昆布《こんぶ》茶漬けを作り始めた。

鮪の昆布茶漬けは、生姜《しょうが》を隠し味にした鮪の佃煮と、香りのいい、ごく細切りの昆布を炊きたての飯に載せて、煮えたぎった熱い湯をかけて供する。薬味は小口切りの浅葱《あさつき》と白胡麻《ごま》だった。

三膳目となると、さすがに余裕が出てきたのか、

「鮪の佃煮が、湯に昆布の風味が移った出汁《だし》とほどよく調和しています」

と勝二は洩《も》らした。

「これも召し上がってください」

次に季蔵が拵《こしら》えたのは鰺胡麻茶漬けであった。

軽く炙《あぶ》った鰺の開きをほぐし、あつあつの飯の上に載せ、鰹《かつお》と昆布の出汁に、練り胡麻を加えた特製の合わせ出汁を掛けて仕上げる。炒《い》りたての白胡麻と金胡麻、小口切りの浅葱は欠かせない薬味であった。

「炙った鰺と胡麻のいい香りがたまらない――」

飯碗に鼻を近づけて、夢中で箸を手にした勝二は、

「お代は要らないんですよね」

律儀に念を押し、

「もちろんです。召し上がっていただくのは、この店の今後のためでもあるので」

季蔵の応《こた》えを待って飯碗を手にした。

「炙り鰺と胡麻、異なる香ばしさだが、生かし合っていいコクだ」

これも二膳食べた辰吉は、満足そうにため息をついた後、

「ところで、どうして、今、ここで、俺たちに只《ただ》で食わしてくれることが、この店の今後のためなんだい？」

首をかしげた。

「実は今、今年の師走昼餉《ひるげ》を何にしようかと決めているところなのです。鮪昆布茶漬けと鰺胡麻茶漬け、どちらにしたものかと――」

季蔵はやや浮かない顔になった。

「ええっ？　去年の鶏団子うどんじゃあねえのかい？」

辰吉の顔にみるみる失望が広がった。

「物の値段が上がって、団子にする鶏が買いきれなくなりました。こんな折ですから、喜平さんのおかげで、安く仕入れることができていた稲庭《いなにわ》うどんの方も、これ以上の無理は言えませんし――」

「ちょこっとだけ、鶏団子うどんの値を上げてみちゃあどうかい？」

辰吉は幻となりかけている、鶏団子うどんが未練でならなかった。

「それは困ります」

口を挟んだ勝二は、鯵胡麻茶漬けを四膳食べて箸を置いたところだった。

「去年だって、食べたくても、懐が寂しくて、思い切れず、立ち寄れなかった人たちはいるはずです。今年こそはと思って待ってる人たちのためにも、塩梅屋の師走昼餉は安くて、美味くて、お腹《なか》一杯にしてくれなきゃ――」

「だがな、鮪昆布、鯵胡麻、どっちの茶漬けも、美味すぎて、さらさらと、何杯でも食えちまう。腹一杯になるまでの食い放題にしたら、それこそ、足が出ちまうんじゃないのかい？」

辰吉は季蔵を見た。

「そこが悩みの種でした」

季蔵が苦笑すると、

「おいらも勝二さんと同じぐらい食えちまったもの」

三吉が口を挟んだ。

「そもそも茶漬けってえのは、酒の後か、小腹の空いた時の食い物だろう？　俺たちの昼は、夕方まで夢中で働いても、へたばらねえぐれえの、どーんと力のつく食い物でないとな」

「無理は承知でしたが、限られた仕入れ値で、安くて、美味くて、温かくてということになると、どうにも、ほかに思いつかなくて――」

うーんと季蔵は腕組みをした。

「たしかにむずかしいだろうよ。だが、ここが正念場だ、頑張ってくれ」

「値だけは上げないでください」

二人はそう言い置いて出て行った。

江戸でも指折りの廻船《かいせん》問屋、長崎屋《ながさきや》の主五平《ごへい》が塩梅屋に立ち寄ったのは、それからしばらく経った八ツ（午後二時頃）であった。

——今日はなぜか、久しくしていた方々が、塩梅屋を思い出し、訪れてくださる——

季蔵は心の奥が温かく和《なご》むのを感じた。

「お邪魔します」

戸口に立った五平は中に入ろうとしない。

「よくおいでくださいました。どうか、ゆっくりなさってください」

察した季蔵は、店の裏手にある離れへと案内した。

二

「何か召し上がりますか？」

「〝酢豆腐〟でないものを——」

笑いながら五平が頷《うなず》いた。

長崎屋の跡継ぎに生まれた五平は、噺家《はなしか》を志して父親に勘当されたが、精進の甲斐《かい》あって、二つ目にまで昇進して、松風亭玉輔《しょうふうていたますけ》と名乗っていた。

長崎屋の主になったのは、父五郎右衛門《ごろうえもん》が不慮の死を遂げたゆえであった。

〝酢豆腐〟とは、五平が得意とする噺の一つで、食通自慢の男が珍味だと偽られて、腐った豆腐を食べさせられ、美味い、美味いと舌鼓《したつづみ》を打つ滑稽《こっけい》噺であった。

「ご用意できるのは茶漬けで、鮪昆布、鰺胡麻の二種類がございます。できれば、両方、召し上がっていただければと――」

「そう言われなくても、両方いただくつもりでした」

「ありがとうございます」

五平は二種類の茶漬けを美味そうに、最後の汁の一滴まで飲み干して、

「いいですねえ、小腹の空いている時は茶漬けに限りますよ。炙った鰺と胡麻の取り合わせは最高です。鮪昆布茶漬けの濃厚な美味さときたら、鮪をもう悪食《あくじき》だなんて言わせませんよ」

満足そうに目を細めた。

「やはり、小腹の空いた時に限りますか？」

ため息をつきかけた季蔵に、

「あと、茶漬けは酒のシメにも欠かせません」

五平は追い打ちをかけたと悟って、

「どうかしましたか？　わたしは美味さを強調したつもりでしたが――」

案じる目を向けてきた。

元噺家の五平は、自分の洩らした言葉が相手にどう伝わるかを気にする性質《たち》であった。

「実は――」

季蔵は師走昼餉の献立に、頭を悩ませていると打ち明けた。

「茶漬けではどんなに褒めていただいても、腹に溜《た》まらず、師走を乗り切るにはふさわしくないのです」

「たしかにね」

五平は一度置いた箸と飯茶碗を、もう一度、手に取り、まじまじとながめて、

「力仕事をしていないわたしでも、あと、一杯ずつはいけそうですから、塩梅屋の昼に訪れる人たちは、茶漬け一杯、いや、大盤振る舞いで、鮪と鰺、両方を出しても、やはり、まだ、物足りないでしょうね」

相づちを打った後、

「去年の鶏団子うどんから、茶漬けにしようとなさるのは、鶏や稲庭うどんの仕入れが厳しいからですね」

商人らしく、ずばりと核心を突いた。

「その通りです」

季蔵は喜平の知り合いに、無理を強《し》いていたことも話した。

「わたしもここの冬うどんに病みついて、何回か通いました。あれほど、心と身体の温まる昼餉はありません。そのわたしが、鶏や稲庭うどんの仕入れは何とでもするから、今年

も去年のように、鶏団子うどんにしてくれと言ったら？」

「それだけはご勘弁願います」

季蔵は苦笑して、

「わたしは人の情けにすがりすぎないでやっていきたいのです。今までに、情けは充分すぎるほどいただいておりますので」

頑固に首を横に振り続けた。

季蔵の前身は、大身《たいしん》の旗本家に仕える武士堀田季之助《ほったとしのすけ》であった。

季蔵は主家の嫡男に仕掛けられた奸計《かんけい》によって、許嫁《いいなずけ》を奪われただけではなく、自害を迫られた。

あまりの理不尽さに、やむにやまれず出奔《しゅっぽん》した後、飢えかけて彷徨《さまよ》っていた市中で、塩梅屋の先代長次郎《ちょうじろう》と出遭ったのである。

そして、長次郎の勧めるままに、料理の腕を磨き、先代亡き後は、塩梅屋の主になった。

「あなたらしいな」

五平は微笑んで、

「わたしも、鶏団子うどんとはまた違った、師走昼餉を食べてみたい。料理も噺と同じです。どんなに面白い噺でも、昔から語り継がれてきたものだけを演《や》ってちゃ、つまらないと思うんですよ。どうにかして、皆さんに喜んでもらえる、新しい逸品を創《つく》り出すんだって、二つ目になった時に自分に誓いました。事情があって、噺家は続けられませんでしたが、噺に対する気概だけはまだ、失ってはいないつもりです」

と続けた。

取引先や知人を招いて行われている、長崎屋の主が主催する噺の会は知る人ぞ知るで、そこでの五平は噺家の松風亭玉輔に戻って、噺を聴かせていた。

「ですから、あなたの気持ちはよくわかります。どうです？　わたしにだけは、持ちネタを打ち明けてくれませんか？」

五平はじっと季蔵の目を覗《のぞ》き込んだ。

「持ちネタは葱《ねぎ》です。今時分、安い葱は、まとめて安く買い、裏庭に根を挿してさえおけば、いつでも使うことができます」

「葱飯ですか？」

「ええ」

「今、すぐ作ってくれませんか？　是非、食べてみたい」

「わかりました」

季蔵はすぐに店に戻った。

まずは、飯炊きから始め、

「これはどうしても、炊きたてでなければ――」

意気込んだ季蔵に、

「あたしに任せて」

おき玖が請け合った。

裏庭から引き抜いて来た葱の青い葉を、三吉が小口に刻む。

油揚げは熱湯をまわしかけ、油抜きをした後、細切りにしておく。

「ここも正念場です」

薄く薄く削った鰹節と梅風味の煎《い》り酒を合わせ、葱と油揚げを載せた炊きたての飯の上に、そっと回しかけるのだが、濃すぎても、薄すぎても美味くない。

水で調整するのだが、うっかり、多目に使いすぎると、水っぽくなって、せっかくの葱飯の醍醐《だいご》味《み》が損なわれる。

「どうぞ、召し上がってください」

季蔵は緊張した面持《おもも》ちで五平の膳の上に、この葱飯を置いた。

「いただきます」

五平は黙々と箸を運んで、食べ終えると、

「葱の新鮮な香りが何とも言えないご馳走《ちそう》でした。油揚げとの相性も群を抜いています。ただ――」

「何でしょう？」

「やはり、まだ物足りない気がします。かけ汁のほどが良すぎるのかもしれません。夏ならさっぱりしていていいのでしょうが――」

「実は一つ、具材を抜かしてあります」

「卵です。葱と油揚げの上に、薄削りの鰹節も載せ、卵を落として、水で薄めない煎り酒を回しかけてはと――」

「なるほど」

「いいですね。割った生卵に煎り酒を入れて、炊きたての飯と混ぜるだけの卵かけ飯は、ここの看板賄いだったことを思い出しました。あれはいい。実に美味い。是非、卵も使ってください」

「それが――」

季蔵は畳に目を落とした。

「仕入れ値が高くなりすぎるのですね」

「他のもの同様、卵も高くなりました」

「わたしの噺の会に、青物問屋の主がいます。浅草は原田屋《はらだや》の重兵衛《じゅうべえ》さん。事情を話せば、きっと、安く分けてくれると思います」

「しかし、それでは――」

「大丈夫です。稲庭うどんと違って、卵は日持ちがしません。といって、鶏が卵を産むのを止めさせるわけには行かず困っていると、つい最近、重兵衛さんがぼやいていました。高くなった市場の値を下げるわけにはいかないので、時には、卵を捨てなければならないこともあるそうです」

「何と勿体《もったい》ない」

顔を上げた季蔵は思わず口走った。

「ですから、市場に出さずに、そこそこの値で買い取ってあげれば、原田屋さんだけではなく、原田屋さんから頼まれて、鶏を飼っている百姓たちも助かるのですよ。わたしに原田屋さんと話をつけさせてくれませんか？」

「どうか、よろしくお願いします。ありがとうございます」

季蔵は頭《こうべ》を垂れた。

師走昼餉の献立が決まったところで、

「お茶を、いや、できれば、酒をお願いできませんか？」

五平の顔から笑みが消えた。

なにやら思い詰めた様子にも見えた。

――そうだ、忙しいこの方が立ち寄るには、それなりの理由《わけ》があるはずだった。わたしとしたことが気づかず、申しわけなかった――

「今日はこのまま帰られますか？」

「いや、仲間内の会合がありますので、この足でそちらへ回ります」

「少しお待ちください」

立ち上がった季蔵は、

――五平さんはそう酒が強い方ではなかった。後につきあい酒も控えていることだし
――

酒の代わりに板酒粕《さけかす》を用いた、ほうじ茶にも合う肴《さかな》を思いついていた。

三

「これは何と、おつなものを――」

季蔵が用意したのは、板酒粕の網焼きと素揚げであった。

網焼きは板酒粕を矩形《くけい》に切り揃《そろ》えて、網にのせて両面を香ばしく焼いたもので、素揚げはからりと油で揚げる。

「網焼きの方は、まずは塩で召し上がってください。次は醤油《しょうゆ》でどうぞ。最後は黒砂糖でも――。素揚げの方はそのままか、塩だけでお願いします」

季蔵はそう言って、塩、醤油、黒砂糖の入った小皿を並べた。

「煎り酒では駄目ですか？」

五平は梅、鰹、味醂《みりん》、昆布と各風味が工夫されている、塩梅屋ならではの煎り酒に嵌《はま》っている。

「試してみたのですが、酒粕はクセが強いので、白身魚や豆腐の繊細な味を引き立てる煎り酒ではとても、敵《かな》いません」

言われた通りに箸で摘《つま》んで食べた五平は、ほうじ茶を啜《すす》って、

「どれも、この鄙《ひな》びた茶との相性がなかなかですね。特に網焼きの黒砂糖付けは、わたしよりも、よほど、いける口のおちずが大喜びしそうですが――」

ふと洩らした横顔は陰って見えた。

――もしや、話というのはお内儀《かみ》さんのおちずさんのことではないか？――

「お内儀さんや五太郎《ごたろう》ちゃんはお変わりありませんか？」

――師走昼餉のことで頭がいっぱいで、ついつい、御家族の近況を聞くのを忘れてしまっていた――

「五太郎は、わたしに似て腕白になってきました。男の子なので、そのくらいの方が頼もしいですよ」

五平の顔が一瞬明るくなった。

――とすると、案じることがあるのは、お内儀さんの方だな――

五平の妻のおちずは、芸が上手《うま》いだけではなく、可憐《かれん》な容姿も男心を誘って、市中を沸かせた元女浄瑠璃《じょうるり》の水本染之介《みずもとそめのすけ》であった。

一目《ひとめ》惚《ぼ》れした五平が熱心に芝居小屋へ通い詰めて、やっと祝言《しゅうげん》に漕ぎ着けた正真正銘の恋女房なのである。

「お内儀さんには、うちの板酒粕と奄美《あまみ》の黒砂糖を後でお届けします。酒粕の焼きや揚げは冷めると今一つなので、料理はそちらでお願いします。うちが分けてもらっているのは、上質なだけではなく、水気が少ないので、焼きや揚げに向くのです」

季蔵はさりげなく話を促した。

「先ほど、おちずはわたしより酒が強いと言いました。それで困っているのです」

「酒の強い、弱いは人それぞれです。男の方が強くなくてはいけないというものでもありません。ようは、比べてどうというものではないのです」

――こんな些細《ささい》なことに、目くじらをたてる五平さんではないはずだ――

「とはいえ、ウワバミでは困ります」

五平はやや眉《まゆ》を上げて、

「時には昼間から、こっそり飲んでいることも――。このところ、酒の減りが早いと、賄いの者から報《しら》されました。取りあえず、おちずが飲んでいることは、皆に黙っていてくれと口止めしましたが」

ああとため息をついた。

「以前と比べて、おちずさんに変わりは？」

――酒に溺《おぼ》れて、前後の見境もなく、暴れているのだろうか？――

「息に酒の匂《にお》いが混じっていることが多くて、笑顔が無くなりました。それに、いつも沈んだ顔をしています」

「ずっと家に引き籠《こ》もっているのですか？」

「いえ、先ほど、卵を安く譲ってくれるとお話しした、青物問屋の原田屋さんにだけは、五日に一度、必ず出向いています。原田屋さんの後添《のちぞ》えのお早喜《さき》さんは、おちずと同じ浄瑠璃で鳴らした女《ひと》なのです。原田屋さんがこのお早喜さんを伴って、わたしの噺の会においでになったことがあり、おちずとお早喜さんは意気投合したようです。お早喜さんは、原田屋重兵衛さんと一緒になってからは戯作《げさく》の勉強をなさっているとかで、急に、おちずもお早喜さんを見倣《みなら》って、女戯作者を目指すと言いだしました。戯作者なら家にいて出来る仕事だとも言って、わたしを説得にかかりました。わたしとしては、二人目を早く産んでほしいのは山々でしたが、このままずっと、女浄瑠璃で一世を風靡《ふうび》したおちずを、子育てだけに縛りつけておくのも可哀想《かわいそう》で、五太郎も元気に育っていることだし、気晴らし程度にやってごらんと勧めました」

「すると、五日に一度お早喜さんを訪ねるのは、戯作の勉強会ですね」

「ええ。当初はおちずも生き生きとしていました。それが一月《ひとつき》ほど前から、笑顔が減って、そのうちに、酒まで——。わたしはもう、おちずのことが心配で心配でならないのです。酒を過ごせば、おちずの気持ちがわかるかもしれないと思い、やってはみるのですが——」

——それで、さっき、酒を所望されたのだな。愛《いと》しい相手の苦しみに近づくために——

季蔵には五平の気持ちが痛いほどわかった。

——わたしには、おちずさんよりも重く心を病み、治癒《ちゆ》の見通しのつかぬ瑠璃《るり》がいる——

季蔵は紆余《うよ》曲折を経て許嫁であった瑠璃と巡り会ったものの、あまりに酷い現実に打ち砕かれた瑠璃の心は、もう何年も、空《うつ》ろに閉ざされてしまっている。

季蔵が許婚だったと見分けられぬ日もあった。

「おちずさんに酒を飲む理由を訊《き》いたことは?」

「ありませんが——」

うつむいた五平は、

「どうして、勝手に床《とこ》を別にしたのかは訊きました。おちずは黙って泣き崩れるばかりで——、話はしてくれませんでした」

苦悶《くもん》に満ちた表情を隠せなかった。

——たしかにこれは、五平さんにとって、一大事だ——

「おちずさんは苦しんでいます」

季蔵の言葉に、黙って頷いた五平の目に光るものがあった。

——おちずさんを瑠璃のようにさせてはならない——

季蔵は何としても、五平夫婦の危機を救わなければならないと思った。

「板酒粕と黒砂糖はわたしが明日、お届けします」

「おちずに会っていただけるのですね」

「わたしでお役に立てるかどうかはわかりませんが——」

「ありがとうございます」

五平は季蔵の手を強く握った。

「ありがとうございます」

五平の堪《こら》えていた涙が温かく季蔵の手を濡《ぬ》らした。

──この男《ひと》もおちずさんと同じか、それ以上に苦しんでいる──

季蔵は何ともたまらない気持ちになった。

翌日、昼過ぎて、仕込みを済ませた季蔵は、板酒粕と黒砂糖を携《たずさ》えて、長崎屋のある小網町へと向かった。

この日は番頭《ばんとう》と小僧を連れて、五平が朝早くから八王子まで出かけ、お早喜との勉強会の日に当たっていないおちずの方は、終日、家にいるはずである。

「わたしがいない方が、おちずは話しやすいかもしれません」

そう言った五平が暗い表情だったのは、おちずに好いた相手が出来たのではないかと、勘ぐりつつ、覚悟していたからであった。

「お邪魔いたします」

間口《まぐち》も堂々と広く奥行きもある長崎屋の店先に立つと、

「お待ちいたしておりました」

五平から事情を聞かされている大番頭が、見事な白髪《しらが》頭を深々と下げた。

「お内儀さんをよろしくお願いいたします。坊ちゃまは店の者がお相手をしております」

中へと招き入れられ、長い廊下を案内された先は客間ではなく、障子の前に立っただけで、ぷんと酒気が鼻を突くおちずの部屋であった。

──これでは、子どももいずれ気づくだろう──

すると大番頭が、

「お小さくて何もおわかりにならなかった坊ちゃまも、近頃は、〝おっかさんのところは何か臭い〟とおっしゃるようになりました。母親が昼間から酒浸《さけびた》りになっていると知る前に、何とか改めて、元のお内儀さんに戻っていただきたいのです」

小さな声で囁《ささや》くように言い、季蔵に向かって両手を合わせると、

「旦那様は常日頃から、あなた様ほど信頼のおける方はいないと言っておられます」

と続け、部屋内に声をかけると、そっと障子を開けた。

おちずは文机《ふづくえ》を前に懸命に筆を動かし続けている。

「わたしでできることはいたします」

囁き返した季蔵は、長火鉢に火が熾《お》きているのをちらと見て、

「すぐに餅網と菜箸、小皿、箸一揃えを持ってきてください」

「わ、わかりましてございます」

そう答えると、大番頭はすぐに廊下を厨《くりや》の方へ走って行った。

「ご無沙汰しております」

季蔵は板酒粕と黒砂糖の入った風呂敷包みを畳の上に置いて、おちずの背中に頭を垂れた。

「まあ、誰かと思えば塩梅屋さん」

振り返ったその顔は青白く窶《やつ》れていて、息が熟柿《ずくし》のように匂っている。

「どうか、お座布《ざぶ》を——」

立ち上がったおちずは甲斐甲斐しく、部屋の隅に積んであった座布団を勧め、

「誰か、誰か、お茶の用意を」

声を大きく張った。

四

小女《こおんな》が盆に極上の緑茶の入った茶碗を二客用意してきて、その後ろに小僧が餅網、菜箸、小皿、箸を持ってきた。

「後ほど緑茶ではなく、ほうじ茶をお願いします」

ほうじ茶は食後の口濯《くちすす》ぎのようなもので、客をもてなすとなると、煎茶《せんちゃ》や玉露《ぎょくろ》のような緑茶に限る。

季蔵の言葉に、どうしたものかと、小首をかしげた小女に、

「それでは、わたしが呼んだら、ほうじ茶をお願いしますよ」

おちずも首を斜めに傾けながら言った。

「きっと、季蔵さんならではの楽しみな謎《なぞ》かけなのでしょう」

おちずはうっすらと笑ったが、その目はやや険しかった。

――これではどれだけ飲んでいるかわからない。よほど酒に強いのだな――

酒に酔うと目が据わったり、ぼーっと潤んで焦点が定まらなくなることが多いのだが、おちずの場合は、目の表情が普段と少しも変わらない。

小女と小僧が下がって、部屋には季蔵とおちずの二人だけとなった。

部屋の中はむーっと酒の匂いが籠もっている。

「少し、開けさせていただきます」

季蔵は縁側へと続く障子を開け放った。

「わたしに何か?」

向かい合ったところで、おちずの表情が怯《おび》えた。

「実は五平さんから頼まれたことがあるのです」

季蔵は長火鉢に餅網を渡すと、風呂敷包みを解いて、切り揃えて竹皮に包んできた板酒粕を取り出した。

「まあ、焼き酒粕だわ」

一瞬おちずの目が和んで、

「塩や醤油に砂糖、山葵《わさび》のある頃は山葵醤油でも美味《おい》しいんですよ」

「どうやら、馴染《なじ》んだお味のようですね」

「わたしの故郷《くに》の常州の貧しい村では、お酒を搾《しぼ》った滓《かす》の酒粕でも大変なご馳走でしたから」

「五平さんはきっと、そのことを知っていたのですね」

「いいえ。旦那様に故郷や昔のことはあまり話したことがないのです」

おちずの顔に陰が落ちた。

「それでは、夫婦ならではの直感でしょう。板酒粕を黒砂糖で召し上がった五平さんは、是非とも、お内儀さんにも食べさせたいとおっしゃっていたのですから」

季蔵は菜箸で餅網に板酒粕を並べて、両面がこんがりと焼き上がったところで、

「そろそろ、ほうじ茶の用意をお願いします」

おちずは小女を呼ぶ声を上げた。

黒砂糖をふりかけた焼き酒粕を、箸で口に運び、

「ああ、美味しい」

おちずは、ふうとため息をついて、

「お酒が少しは残っているのが酒粕。わたしもこの程度がいいのでしょうね」

自分に言い聞かせるように呟《つぶや》いた。

ほうじ茶が運ばれてくると、

「これまた故郷の味だわ」

しみじみと言った。

「酒粕を使った故郷の味を教えてください」

季蔵は手控え帳を取り出した。

「しみつかれ」

ぽつりとおちずが告げた。

「どういう料理です？」

皆目見当がつかずにいると、

「初午《はつうま》に常陸《ひたち》や上野《こうずけ》、下野《しもつけ》で作られる料理で、しもつかれ、酢憤《すむずか》りとも言います。酢憤りの名の通り、おろし大根に炒り大豆《だいず》を加え、酢醤油で和《あ》えて煮付けるのが元ですが、わたしのところでは、酢の代わりに酒粕を使っていました。炊きたてのご飯にかけて食べると、身体がほかほかと温まるだけではなく、酢よりもさらに日持ちがして、何日も美味しく食べられるのです」

おちずは自分の故郷流の作り方を教えてくれた。

「何とも不思議な料理ですね」

「この料理のよいところは、固い炒り大豆が、子どもやお年寄りでも嚙《か》めるほどに柔らかくなることですから」

「ここは江戸なので初午に拘《かかわ》らず、是非、大根と大豆好きの五平さんや、五太郎ちゃんにも食べさせてあげてください」

「でも、これは貧しい村の粗末な料理にすぎません」

「そんなことはありませんが、気になるのなら、一工夫されては？　大根おろしと炒り大豆に、人参《にんじん》の粗おろしを加えて味に深みを出し、さらに塩引きの鮭《さけ》を加えれば、ご飯が進む立派なご馳走です」

おちずは相づちを打たず、無言で顔をうつむけると、

「季蔵さんがここへいらしたのは、わたしに焼きたての板酒粕を、食べさせるためだった

とは思っていません」

低い声で言った。

その口調は何とも物悲しげではあったが、何もかも見透かされていて、自分が強く拒《こば》まれているのを季蔵は感じた。

——手強《てごわ》い——

「五平さんにお内儀さんが、女戯作者を目指していると聞きました。それでどんなものを書かれているのかと気になったのです」

「季蔵さんが戯作や草紙《そうし》をお好きだとは、初めて知りました」

おちずは怪訝《けげん》な表情を向けてきた。

「四谷怪談や百物語、上田秋成等の怪談ものを少々——」

——瑠璃につきあって、草双紙を読んでいてよかった——

冬だというのに、季蔵の両脇に冷や汗が滴《したた》った。

「わたしも書いているのは、怪談のようなものなのです」

おちずは気の重い様子であった。

「のようなものとは？」

「怪談のように見せかけて、実は人の仕業だったというものです」

「面白いですね」

心からそう思って口にしたが、おちずの表情は晴れなかった。

「書き上げたら、是非見せてください」

畳み込むように、話の糸口を離さずにいると、

「もう、書き上げて、お早喜さんに読んでもらうよう預けてあるので、今はお見せできません。ああ、でも、ほんとうは預けてもいないのかも――」

おちずは両手で自分の顔を被《おお》った。

「何があったのです？」

季蔵は訊かずにはいられなかった。

「わたしは五日に一度、お早喜さんのところまで勉強会に出向いています。ほんとうは、交替にして、こちらへもいらしていただきたいのですが、お早喜さんは子どもが苦手とかで――。うちは五太郎がまだまだ、何かとわたしにまつわりつくので、集中できないと断られてしまい、それで、いつも、わたしが足を運んでおります。そんなお早喜さんに仕上がった戯作の〝幽霊殺し〟を、一月ほど前に預けたはずなのに、繰り返し聞いても、お早喜さんは受け取った覚えはないと言うのです。わたしは自分がどうにかしてしまったのではないかと――」

「今まで、このような覚え違いはあったのですか？」

「ございません。ただ――」

おちずは苦しそうに顔を歪《ゆが》めた。

「どうか、わたしに話してください。さもなければ、わたしはあなたや五平さんの助けに

はなれないのです」

「ええ、でも、あまりにお恥ずかしい話ですし――」

「人の道を踏み外さず、まっすぐに正しく生きて行こうとしているのなら、この世に恥ずかしいことなどありはしません」

季蔵は言い切った。

「亡くなったわたしの父は、人の道を踏み外していたかもしれないのです」

「お父さんはどんな方だったのでしょう？」

「実の父はわたしが赤子のうちに亡くなってしまったので顔は覚えていません。その後、母は猟師と夫婦《めおと》になって、わたしを育ててくれました。育ての父は思い遣りと男気のあるいい人でした。やがて、この父も、獲物を追って上がった岩場から落ちて亡くなりました。しばらくして、流行病《はやりやまい》に罹った母は、余命僅《わず》かと悟った時、わたしに、実の父の死に様を教えてくれました。わたしがどうしてもと願ったからです」

おちずは絶望の吐息をああと大きくついて、

「世の中には知らぬ方がよいこともあるのだと、あの時、思い知りました」

「尋常な死に方ではなかったのですね」

「三十路《みそじ》前で亡くなった父は、ある日、突然、作付けの苗の数が数えられなくなり、そのうちに、母の顔さえ忘れて、誰だかわからなくなったそうです。まるで、お年寄りたちが行く道のように。でも、まだ二十五歳だったんですよ。情けなく思った父は、始終、鴨居《かもい》にぶらさがって死のうとしていて、ついに思いを果たしたのが、わたしが生まれて十月ほど過ぎた頃だったと言います。父を診《み》た村の医者は首を横に振るばかりだったそうですが、何十年かに一度、親子でこうした死に方をする者が出るのだと、母は伝え聞いたそうです。子の代で、これが止まるのは、悲惨な姿の親を見た子が、自分の血を分けた子を作らぬゆえで、この奇病は血が伝えるものではないかと、村長《むらおさ》は言っていたとか――。ああ、何ってこと。そもそもわたしは、人の親になどなれる身ではなかったのです」

おちずは再び両手で顔を被い、声を殺して泣き始めた。

五

「病を罪だと思うことはないとわたしは思います」

季蔵は穏やかに応えた。

「それはそうですが、わたしから五太郎に伝えてしまったかと思うと、罪深いこの身を許せないのです」

「まだ、お父さんから受け継いだとわかったわけではないでしょう」

「でも、あんな物忘れをするなんて――」

「あなたではなく、お早喜さんの方が忘れているのかもしれません」

「年齢《とし》の離れた旦那様に代わって、てきぱきと店をしきりつつ、女戯作者を目指しているお早喜さんは、読むのも書くのも早い、たいそう頭のいい人です。物忘れするなんて考えられません。それに、わたしがおかしいのは、物忘れだけじゃないんです」

「ほかにも？」

「はい。匕首《あいくち》を胸に刺した若い男が血みどろの姿で現れるのです。はじめはお早喜さんのところへ行く途中、人通りのない近道をした時で。それからは、この家の厠《かわや》やお早喜さんの家の庭でまで。ひょいと家を出た矢先に出くわしたこともあるのです。文箱に入れたはずのものが無くなっていたりもしました。そして、とうとうある日――」

おちずはそこで一度言葉を切り、

「そこにある鏡台に〝助けてくれ〟とわたしの紅《べに》で書かれていました。驚いたわたしが店の者を呼びに行って、戻ってくると、その文字は消えていたんです。ああ、何って恐ろしい――」

思い切って吐き出した。

「あなたは自分が見ているまがまがしいものが、すべて、幻だと思っているのですね」

「それはもう。お早喜さんのところの庭に血みどろの男が立っていた時、血の気《け》が引いたのはわたしだけでした。咄嗟《とっさ》に庭の方を指して、お早喜さんに〝何か見えない？〟と確かめても、〝早咲きの椿《つばき》が一つ、二つ咲いてきたわね〟って、目を細めていただけでしたから。たしかに庭の椿は咲き始めていましたが、わたしの目の前に見えていたのは、それだけではありませんでした」

――こんなことが立て続いたら、父親を苦しめて死に至らせた病を、自分も受け継いでいると思い込んでも不思議はない――

「鏡台に書かれていた紅文字の〝助けてくれ〟は、きっと、わたしだけに聞こえる、あの世でもまだ、地獄を彷徨っている父の苦悶の声なのです。わたしはもう怖くて怖くて、旦那様や五太郎にすまなくて堪らなくて、怖さと呵責《かしやく》を誤魔化《ごまか》すために、気がつくと、日々、お酒に逃げるようになっていました。奉公人の手前もあり、五太郎も常の母でないように感じているというのに、何ともお恥ずかしい話です」

おちずは季蔵の視線を避けてうつむいた。

「鏡台を拝見いたします」

立ち上がった季蔵は、じっと目を凝らして、鏡の嵌め込まれた鏡台を調べ始めた。

鏡はよく磨き込まれている。だが、嵌め込んである木枠の四隅の一角が紅《あか》く染まっていた。

――これは――

「〝助けてくれ〟の紅文字は鏡一面に書かれていたのでは？」

「ええ、そうでした」

季蔵は小指で四隅の一角をなぞった。

「このように」

紅の付いた小指を見せて、

「何者かが、あなたを怖がらそうとして、ここに文字を書き、人を呼んでくる間に、素早く消し去ったのでしょうが、大きい文字を消すのにあわてたので、紅の滓《かす》が四隅の一角に残ってしまっていたのです。あなたが見た紅文字は幻などではありません。おそらく、血みどろの男の姿も」

きっぱりと季蔵は言い切った。

「でも、誰がどうしてそんなことを？　わたしを怖がらせて何の得があるというのです？」

おちずは驚きはしたが、幻を見てはいなかったのだとわかって安堵《あんど》した様子だった。

「あなたのお父さんのことを知っている人は？」

「故郷の人たちは知っているはずです。舞台に出ていた頃、故郷の人たちが、よく楽屋を訪ねてくれていました」

「どんな人たちです？」

「成功されて店の主になっておいでの方もいましたが、たいていは出稼ぎの間のただ一つの楽しみだと言って、こつこつ溜めたお金で、わたしの女浄瑠璃を聴きにきてくれていたんです。その人たちがまさか——」

「あなたが大店《おおだな》の長崎屋のお内儀に納まっていると知ったら、邪《よこしま》な考えを抱かないとは言い切れません」

「そんなことありません。絶対ありません。わたしは信じています」

おちずは夢中で首を横に振った。

「ともあれ、一刻も早く、あなたを怖がらせている奴を探しださなければなりませんが、見つけるまで、お内儀さんは外出を控えてください。お早喜さんには、我慢してもらって、こちらへ来ていただくように。相手は次にどんな手を打ってくるかわかりませんから」

おちずは頷《うなず》いたものの、

「故郷の人たちではありません」

なおも言い募り、

——そうであってほしい——

季蔵の想《おも》いもおちずと同じであった。

この話を聞いた五平は、

「おちずを酷い目に遭わせている奴がいたとは——」

憤怒《ふんぬ》の大声をあげ、

「おちずは、一歩も家から出しません。家の中でも、おちずを一人にしないようにします。悪い奴はおちずだけではなく、五太郎まで狙《ねら》っているかもしれない。おちずや五太郎に、もしものことがあったら、わたしはもう、生きてはいけません。とはいえ、これしきのことで、お上《かみ》が動いてくれるとは思えない。頼りになるのは、季蔵さん、あなただけだ。お願いです。早く、そいつが誰なのか突き止めてください。捕り物には不案内ながら、長崎屋の仕切りを大番頭に任せて、わたしも身体を張って、お手伝いいたします」

蒼白の面持ちで訴えた。

——五平さんは命がけで家族を守ろうとしている——

季蔵は胸が熱くなった。

――わたしも瑠璃の身に、おちずさんのようなことが起きたなら、商いどころではなくなるにちがいない――

「わたしは料理人です。捕り物が得手というわけではありませんが、お内儀さんを怖がらせている相手は誰なのか、目的は何なのか、必ず突き止めます。それまでは、どうか、お内儀さんから目を離さないように――。はやる気持ちはわかりますが、探りはわたしにお任せください」

諭《さと》すように話した。

すると、

「わかりました。わたしが下手な手助けをしては、かえって邪魔になるのですね。わたしはでき得る限り、おちずと一緒にいるようにいたします。ですから、どうか、どうか一刻も早く、悪い奴の正体を突き止めてください」

深々と頭を垂れた後、顔を上げた五平は、

「それにしても、夫婦だというのに、何とも水くさい。どうして、いの一番にわたしに相談してくれなかったのだろう。おちずの故郷や生い立ちについて、うるさくいうはずもないのに――」

寂しさの混じった恨みがましい口調で呟いた。

「夫婦になっても、好きあっている証《あかし》かもしれませんよ」

「どういうことです？」

「おちずさんはこの出来事を恥ずかしいと思っているのです」

「どこがどう恥ずかしいのです？」

「わたしは今回のことは、おちずさんの生い立ちを知る者の仕業ではないかと思っています。ですが、おちずさん自身は、血みどろの男の夢を、女浄瑠璃で人気絶頂だった頃の出来事に結びつけて、ことさら怯えたのではないでしょうか？」

「ありましたね。おちずを想う余り、水本染之介が出るたびに、借金までして毎日通い続け、楽屋に食べきれないほどの菓子や料理を届け、勘当された挙げ句、とうとう金が返せなくなって、匕首で胸を突いて死んだ道楽息子が。瓦版屋《かわらばんや》の恰好《かっこう》のネタになりました。あの時はおちずの付き人だった同郷の大女おときが、その男を撃退していたので、おちずは一度も会ってはいないはずです。それが恥ずかしいことで？」

「心優しいおちずさんは、その男の死を心のどこかで、自分のせいだと思っているのです。そして、人気者だったがゆえのこととはいえ、あなた以外の相手にここまで想われてしまった自分を、あなたに対して恥じているのです」

「それでは、可哀想におちずは、父親のことだけではなく、女浄瑠璃でその名を広く世間に轟《とどろ》かせたことまで、このわたしに疚《やま》しいと思っているのですね」

五平の声が湿った。

「深く考え過ぎると、そういうことになりますが、この手のやや疚しさの混じった恥ずかしさを、互いに抱き合うのが、想い合う男女では？」

季蔵は真顔で相づちをもとめた。

六

「季蔵さん、さっきから、わたしの気持ちを和《やわ》らげようとしてくれてはいませんか？」

ここでやっと五平は季蔵の真意に気がついた。

頷いた季蔵は、

「他人《ひと》が聞いたら、どうということでもない話を、恥ずかしい、疚しいと感じて、思い詰めた隠し事にしてしまうのは、相手に対して、まだ、想い人同士の時のような気持ちが残っているからでは？　あなたにだって、おちずさんほど深刻ではないにせよ、思い当たることがあるはずです」

いつになく、軽い物言いをした。

「季蔵さんだから言ってしまいますが、手習いに通う頃になっても、寝小便が絶えなかった。このわたしの話はおちずにしていない」

茶目っ気たっぷりに、ぐるっと両目を回して見せた五平の顔が、松風亭玉輔になった。

「やはり――」

季蔵は微笑んだ。

「互いに色気が残ってるってことか」

さらに、五平の目が輝いて、

「おちずの話とわからないようにすれば、これはいい夫婦噺になるね。〝めおと色〟っていう題はどうかな？」

早速、手控え帳を出して書き付けた。

「いい題です。ですが、その噺で噺の会の高座に上がるのは、この一件が片付いてからにしてください」

季蔵は一言釘《くぎ》を刺した。

――五平さんは長崎屋の主になっても、噺家松風亭玉輔の心を持ち続けている。女浄瑠璃の人気者で語り上手だったおちずさんが、今度は、自分の手で、この世に二つとない戯作を、書いてみたいというのも無理のないことだ――

ふと季蔵は、おちずが書いたという怪談〝幽霊殺し〟は、どんな筋書きなのだろうかと気になった。

五平の手配で塩梅屋の師走昼餉は仕上がった。

葱飯に煎り酒で調味した卵汁を回しかける葱たまどんに、季蔵は豪快に卵二個を使うと言い出した。

「卵は高いのに、こんなに買って、ほんとに大丈夫？」

「おいら、知らねえから」

驚いたおき玖と三吉は何度も念を押した。

原田屋から、日々、届けられることになった卵は数が多く、まとめて幾らの捨て値であった。

季蔵が事情を説明すると、

「だったら、知り合いにくれてやればいいのにさ」

三吉の世間知らずを、

「そんなことしたら、商いってものは、成り立たなくなっちゃうのよ」

おき玖が窘《たしな》めた。

葱たまどんが試作された。

「三吉、白髪葱を頼む」

「へい」

白髪葱は千切りにした葱の白い部分を、水に晒《さら》してあくを抜き、しゃきしゃきした歯応えと、さらりとした後口に仕上げたもので、日頃は薬味や飾りに使われる。

季蔵はこの白髪葱を青々とした葱飯の上にのせた。

「あら、小粋《こいき》」

おき玖は口走り、二個分の卵かけ汁をたっぷりとかけて、葱たまどんを味わって、

「白髪葱と卵の甘みのおかげで、葱の青い葉のとげとげした辛味が丸く、深みのある味わいに変わってる」

と感慨深げに洩らした。

　そして、いよいよ師走に入ると、豪勢に卵を二個も使っているというのが評判を呼んで、塩梅屋の昼は、三吉が暖簾をだす前から、客たちが並んだ。

「去年とひけを取らないほどの人気ね。よかったわ」

　おき玖はほっと胸を撫《な》で下ろし、

「だけど、うどんと違って、持ち運べるから、葱飯と卵二個を、別々に持ち帰りたいなんていう人がいるのには呆《あき》れるよ。きっと、葱飯は醤油をかけて食べて、卵は別の料理に使うんだろうけど。塩梅屋の煎り酒あってこその葱たまどんなのに――」

　三吉はぶつぶつと文句を言った。

　こうして師走も二十日を過ぎて、今年もあと数えるほどとなった頃、

「邪魔するよ」

　戸口で聞き覚えのある声が響いた。

　八ツ刻《どき》（午後二時頃）とあって、葱たまどんに舌鼓を打つ人たちの姿は、さすがに見当たらなかった。

「いいところに来たようだ」

　岡っ引きの松次《まつじ》と北町奉行所同心の田端宗太郎《たばたそうたろう》が入ってきた。

　鰓《えら》の張った四角い顔と金壺眼《かなつぼまなこ》の松次とは対照的に、田端は面長《おもなが》で長身瘦軀《そうく》である。

　松次の後に田端が続くのは、今や見慣れた光景であった。

「お役目、ご苦労様でございます」

おき玖は精一杯、愛想のいい声を張った。

夕方以降にこの二人が訪れることはほとんどなかった。たいていは昼過ぎてやってくる。ここで飲み食いして、市中廻《まわ》りや調べの後の一休みをしていくのである。

「今、すぐあれを。あれでよろしいですね？」

おき玖は田端に念を入れた。

「年の瀬はつきあい酒が多い。今日も同心仲間で年忘れの酒宴がある。それゆえ、あれで充分だ」

いつになく、田端は長い言葉を口にした。

田端は店に入ってきてから、一言も洩らさず、ただただ、大酒を飲み続けて帰っていくことの方が多く、この異常な寡黙さと、いつでも松次が先に塩梅屋の敷居を跨《また》ぐことになる成り行きとは、どこかで、つながっているような気がする。

「俺はあいつにしてくれ。あっちはいつものもので頼むよ」

松次は告げた。

「わかりましたぁ」

おき玖は顔に笑みを貼《は》りつかせて、甲斐甲斐しく、松次には作り置きを欠かさない、蒸した糯米《もち》を寝かせて作る甘酒を、田端にはこの時季限定の酒粕甘酒を、それぞれ湯呑《ゆの》みに注《つ》いで出した。

「甘酒はこれに限るよ」

言ったそばから、あっと気がついて、

「何も、旦那のことを言ったわけじゃありやせんよ」

松次は根っからの下戸《げこ》で、酒と言わず、酒粕を舐《な》めただけでも真っ赤になって、しばらくは身動きができなくなるほどであった。

田端は二杯目の酒粕甘酒を啜っている。

塩梅屋の酒粕甘酒は、すり鉢であたった板酒粕を鍋に移し、水を加えて、よく煮溶かした後、すり生姜と砂糖で調味する。

身体がほかほかと温まるので、塩梅屋では、ことさら寒い日の昼に限り、冬甘酒と称して、これを葱たまどんに添えて出している。

田端は黙々と冬甘酒を啜り続け、松次は卵四個分の入った葱たまどんを二碗、ぺろりと平らげた。

「ほんとは一人、一碗だよね」

居合わせている三吉が聞こえるように呟くと、

「風邪が治らねえのは、滋養が足んねえせいだろうって思ってね。何か起きたとなりゃあ、いの一番に駆け付けるのが、お上の十手《じって》を預かるあっしの大事なお役目。ったく、この寒い中、朝から叩き起こされて向島《むこうじま》行きとなりゃあ、風邪なんぞ、治る暇もありゃしねえ」

松次はわざと洟《はな》を啜って季蔵の方を見た。

「向島で何かあったのですか？」

季蔵は初めて口を開いた。

「旦那――」

松次は田端が頷くのを待って、

「青物問屋の原田屋を知ってるだろう」

「浅草の原田屋さんならば――」

季蔵は思わず、籠《かご》に幾つか残っている卵に目を遣った。

「その原田屋の主重兵衛が、昨日の夜、向島の寮の二階で自ら、出刃包丁で胸を突いて死んだもんだから、そこら中、もう、血の海でね。気丈な女で通ってたが、見つけたお内儀のお早喜は目を回しちまってた」

「自害の理由は？」

「原田屋重兵衛とお早喜は三十歳以上も年齢が離れてる。ちょっとでも長く、娘みてえに若い女房と一緒に、この世にいたいってわけで、重兵衛は、貝原益軒《かいばらえきけん》の〝養生訓《ようじょうくん》〟なんてのを手本にして、傍《はた》から見ても呆れるほど、摂生《せっせい》に努めてたそうだ。自分から隠居同然の身になって、店のことはお早喜や大番頭に任せ、酒のでる会合にも出なくなってた」

「そんな人が自害を？」

季蔵は腑《ふ》に落ちず、思わず口走った。

れちまう」

「ここまでだとそうなんだが、摂生もいいが、ほどほどにしねえと、終《しま》いにはここをやられちまう」

松次は自分の頭を、固めた拳《こぶし》でこつこつと叩いて、

「これは原田屋出入りの医者の話だが、どうやら、重兵衛は中風《ちゅうふう》怖い病に取り憑《つ》かれてたようだ。本物の中風じゃねえ。どこと言って悪くはねえのに、祖父《じい》さん、おやじと続いて中風に罹って、長く患《わずら》って死んだもんだから、自分もいずれそうなると思い詰めてた。そうなりゃ、可愛《かわい》い女房ともいいことができねえ。すぐにお早喜に見限られて、逃げて行かれちまうかもしんねえ。そんな想いが募って、自分で自分の胸を突いたんじゃねえかってんだがよ」

「ならば、お早喜さんも道連れにするのでは？」

季蔵は疑問に思わずにはいられなかった。

七

「お早喜とは寮で落ち合うつもりだったようだ。この日、お早喜は、ほら、あんたの知り合いの長崎屋のお内儀のところへ立ち寄ってた。好物の汁粉《しるこ》ができるのを待ってたんで、長崎屋を出るのが遅くなったそうだが、その足で、亭主の待ってる向島へ行ったんだ。寮に着いて、重兵衛が死んでるのを見つけたのは、他ならないお早喜だったのさ」

「夜更けて向島行きですか？」

長崎屋から向島までの道のりは決して近くない。

「重兵衛は、久々に店から離れて、女房と二人、しっぽりと、夜半の逢《あ》い引きと洒落《しゃれ》込みたかったようだ。この話はお早喜からだけじゃなく、階下にいた下働きの婆さんも、重兵衛の話し相手になることが多くて、それとなく、聞いていたそうだ。〝男ってのは幾つになってもこれが恋しいんだね〟と言って、小指を立て、片目をつぶって見せてくれた。お早喜は嘘《うそ》を言っていねえ」

――夜に出かけるという危険を犯してこそ、新鮮さを失いがちな相手との緊張感が高まるのだろうが――

「熱のこもった逢瀬《おうせ》をもとめて、そこまでの芝居を打っていたというのに、なぜ、重兵衛さんは亡くなったのでしょう？」

やはり、まだ、季蔵には得心がいかない。

「そりゃあ、重兵衛が爺《じじい》だからさ。若い女房相手に逢瀬の芝居を仕掛けてはみたものの、待てど暮らせど相手がこねえと、だんだん疑いが頭をもたげてきたんだよ。このまま、あいつは逃げてどっかへ行っちまうんじゃねえか、遅いのは、自分がいないのをいいことに、若い男を咥《くわ》えこんでるからじゃねえかってね。爺ってもんは、貧乏人でも金持ちでも、変わりなく、女房がいい女すぎると、いつも不安でならず僻《ひが》みっぽくなる。それが募ると自分の老いが情けなくて、たまらなくなって、死にたくもなるのさ。重兵衛の場合、もうこの時には、お早喜を道連れにする気力も失《う》せてたんだろう」

「それで、お早喜さんを道連れにする時に、使おうと思って持っていた出刃包丁を、自分の胸に振り立てたというわけなのですか？」

松次の説明はうがってはいたが、季蔵は今一つ頷けなかった。

——重兵衛さんは老舗《しにせ》の青物問屋の三代目だ。遊び人になって匕首と馴染んだことも、道場に通ったこともないはず。果たして、包丁とはいえ、刃物を使い、血にまみれて死ぬことを思いつくだろうか？——

「俺は原田屋重兵衛は自害ではないと思う」

四杯目の酒粕甘酒を啜り終わった田端が言った。

「だって、旦那、階下にいた婆さんは、玄関から入ってきたのは、夜更けて駆け付けたお早喜一人で、夕餉の膳を片付けた後、猫の子一匹、見かけなかったたって言ってるんですぜ。いったい、誰がどこから、二階に入って、重兵衛を殺したって言うんです？　重兵衛の骸《むくろ》には、胸の刺し傷が一つあっただけで、両手にも、相手に抗《あらが》った痕《あと》はありやせんでした」

「よく眠っていれば、抗うこともなく、刺し殺されても不思議はない」

そう告げた田端は、

「もうそろそろ——」

戸口の方を見た。

「お邪魔します。ここに田端宗太郎様がおいでになるはずです」

奉行所の使いの者と思われる青年が入ってきて、田端に文《ふみ》を渡した。

文に目を通した田端は、

「やはり思った通りだ」

と言い、松次に渡した。

「こりゃあ、びっくりだ、旦那ぁ」

松次が目を剝《む》いた。

「どうなさいましたか？」

「それを読め」

田端に言われて、松次は文を季蔵に見せた。

それには以下のように書かれていた。


お指図いただいた件についてご報告申し上げます。

原田屋重兵衛の骸近くにあった、急須に湯を足して薄め、猫、犬、鼠《ねずみ》に与えたところ、鼠はすぐに死んで、猫と犬は前後不覚に眠り続けております。

急須の茶の中には、おそらく南蛮渡来の眠り薬が仕込まれていたに相違ありません。

薄める前の濃い茶を人が服すれば、たちどころに眠りに入り、何刻も目覚めることはなかったはずです。

田端宗太郎様

牢医　植村源寿《うえむらげんじゅ》

「ぐっすりと眠っている者が、よもや、自分の胸は刺せぬであろう」

田端は言い放った。

「でも婆さんは誰も上に上がったのを見ていないと——」

松次は苛《いら》つきつつ、首をかしげ、

「婆さんが居眠りをした間のことだったのかもしれやせん。そうだ、そうだ、婆さんにぐるになってる悪い仲間がいたんでさ。急須ごと茶を運んで行ったのも、婆さんだったことだろうし。あの婆さんをしょっ引いて締め上げれば、きっと吐きまさあ」

片膝《かたひざ》を叩いて頷いた。

「老婆が下手人だとして、目的は何だ？」

田端に厳しい口調で畳みかけられると、

「それは——」

松次は言葉に詰まった。

「盗まれた物は何一つなかった。あの年齢では、若い女好きの重兵衛が老婆に手を付けていたとも思えない。十中八九、下働きの婆さんは関わりない。もう一度、骸を検分し、向島の寮の二階を見る」

田端は言い切って立ち上がり、松次が続いた。

「どうか、下手人探しの手伝いをさせてください。原田屋さんには、卵を都合していただき、すっかり、お世話になりました。まだお会いしてお礼を申し上げておりません。誰かに殺《あや》められたとなれば、さぞかし、ご無念であったと察せられます。これをせめてもの供養としたいのです。この通りです、お願いします」

季蔵が頭を垂れた。

「いいだろう」

田端の許しを待って、前垂れを外しかけたところへ、

「塩梅屋さん、大変です、お内儀さんと坊ちゃまが――」

長崎屋の手代が塩梅屋に飛び込んできた。

「旦那様はどうしても出向かなければならない仕事で、昨日から相模《さがみ》へ行っておいでです。何かあったら、すぐにここへ報せるようにと、旦那様から言付《ことづ》かっておりまして」

息を切らしている。

「わかりました」

季蔵は身支度を調えるのももどかしく、

「後で必ず、向島の寮へ向かいます」

と言って、手代と一緒に長崎屋へと向かった。

長崎屋では季蔵の到着を今か今かと待ちあぐねていた大番頭が、

「よくいらしてくださいました」

挨拶もそこそこに季蔵をおちずの部屋の前へと案内した。

「しばらく、おさまっていたのですが、また、始まってしまいました」

大番頭はため息をつき、

「どうか、よろしくお願いいたします。あなた様だけが頼りでございます」

頭を垂れて下がった。

障子を開けると酒の匂いがつんと鼻を突いた。

おちずが酒の入った湯呑みを傾けている。

この間の時のように、挨拶をして取り繕《つくろ》う余裕はないようだ。

延べられた布団では、一粒種の五太郎が眠っている。

幸いなことにその顔は平穏であった。

「もう、五太郎は人には任せられません」

おちずは悲壮な面持ちで言い切った。

「もしや、五太郎ちゃんも血まみれの男を見たのでは？」

大きく頷いたおちずは、

「昨日のことでした。夕暮れ時、胸に刃物を突き立てて、血みまれになっている男が、五太郎に、〝助けてくれ〟と叫んだそうです。その後、五太郎はたいそう怖がって、泣きながら震えていました。それで、昨日の晩は一睡もせず、母子で抱き合っていたのです。好物の卵粥《たまごがゆ》がやっと喉《のど》を通るようになって、五太郎が寝入ってくれたのは、つい先ほどのことです」

「他に見た者は？」

「いません。ほんの少しの間、目を離した隙《すき》のことだった、とお早喜さんは言っています。お早喜さんは、戯作の勉強会で、うちを訪ねてくだすってたんです。お早喜さんは、子どもが苦手とおっしゃっていましたが、五太郎を見ると、目が和み、五太郎もよくなついて、その時も二人で庭で遊んでいました。お早喜さんは嘘を言うような人ではありません」

「それで、これは幻なのだと、再び、思い込んでしまったのですね」

「五太郎はわたしの血を引いています。同じ病に取り憑かれているのだと思いました。どうせ、最後は故郷の父のようなことになるのでしたら、旦那様に離縁していただき、五太郎と運命を共にしようと思っています。父のようになっては、長崎屋は継げませんから」

酒に強いせいか、心持ち眉の上がったおちずの顔は、終始、毅然《きぜん》としていて、少しの酔態も見受けられなかった。

八

「お気持ちはよくわかりますが、もしや、ずっと、お休みになっていないのでは？」

――気を鎮めようと飲むほどに目が冴《さ》えるのだろう――

「わたしのことなど、もう、どうなってもいいのです」

おちずは五太郎の寝顔に見入って、頬を濡らした。

「何か肴をお作りしましょう」

季蔵は長崎屋の厨を借りて、この時季、常備されていることの多い塩鮭を探し当てると、塩焼きにしてほぐし、戻して細かく切ったわかめの入った鮭茶漬けに仕上げた。

「どうにも、今時分は塩鮭が気になりまして――」

もとより茶漬けは肴ではなく、酒のシメにふさわしい。

「召し上がってください」

促されたおちずはのろのろと箸を手にした。一口啜り込んで、

「美味しい――」

幾分か季蔵への世辞もこめられていた。

「これは、湯の中に塩気が溶けた後の鮭の旨味《うまみ》が、何とも言えないと、以前、鮭好きの五平さんに褒めていただいたことがございました」

――何とか、食べ続けてほしい――

「たしかに鮭はうちの人の好物でしたね」

相づちを打ったおちずは、さらに二口、三口と進んだところで箸を置いた。

「もう沢山です。何だか、だるくなってきました」

「少しお休みになってください」

季蔵は小女を呼んで、おちずを五太郎の隣りに横たえさせた。

すうすうと寝息が立つのを見届けたところで、

「片時も決して、お二人のそばを離れないように」

奉公人たちに固く念を押して長崎屋を出た。

その足で向島の原田屋の寮へ向かおうとしたが、寒風にあおられ、陰ってきた冬空を見上げて、

――すぐに陽《ひ》が暮れてしまう――

番屋へ行き、田端と松次の帰りを待つことにした。


「あんた、何だね？」

番太郎に訝《いぶか》しがられたが、

「田端の旦那に頼まれごとをされまして」

亡くなった原田屋重兵衛の骸を見せてもらうことにした。

「ふうん――」

番太郎は胡散臭《うさんくさ》げではあったが、土間の上の筵《むしろ》を除《の》けてくれた。

多量の血を流したせいもあって、両目を閉じた死人の顔は不気味なほど白い。

「大店の旦那だってえが、こうなっちゃ、俺たち、貧乏人と変わらねえな」

番太郎の呟きを聞きながら、季蔵は骸の両手の甲と掌《てのひら》に目を凝らした。

――一つの傷もない。思った通り、重兵衛さんは眠り薬の入った茶を、知らずに自分で

飲んでいる。おや、これは――

季蔵は黒く染まった骸の右手の指に見入った。

――大店の主が手の汚れる仕事をしていたとは思えない――

真っ白な左手に黒い染みはなかった。

「桶《おけ》に水をお願いできませんか」

番太郎が用意した桶の水に、持ち合わせていた手拭《てぬぐ》いを浸して、右手の染みをこすってみると、じわじわと手拭いの端に黒い色が移った。

「墨でも使って、書き物でもしてたんだろうさ」

様子をじっとみていた番太郎はそう言い切った。

それから半刻（約一時間）ほど過ぎて、やっと松次と田端が腰高障子を開けた。

「伺えなくてすみませんでした。ところで、いかがでしたか？」

「まあな」

松次は疲れた様子でむっつりと応え、田端は無言で、季蔵に顎《あご》だけしゃくって板敷に上がった。

番太郎はあわてて茶の支度をし始めた。

田端は熱すぎる茶に眉をひそめた。

「お訊《たず》ねしたいことがございます」

三人は番屋の狭い板敷で輪になって座った。

「申せ」

田端は力強い声で促した。

「重兵衛さんが死んでいた、寮の二階の部屋に、硯《すずり》や墨、筆はありましたか？」

「藪から棒にいってえ何だい？」

松次が苛ついた。

「あったか、無かったかを――」

季蔵は繰り返した。

「そんなものは無かった」

田端はきっぱりと言い切った。

そこで季蔵は、重兵衛の骸の右手に染みていた墨について話した。

「汚れは眠らされる直前に、付いたのではないかと思います」

「となると、下手人はその証となる、硯や墨、筆を持ち去ったのだな」

田端はうーむと唸《うな》って両腕を組んだ。

「そうとなりゃあ、証文だよ、目の玉が飛び出るほどの借金の証文。重兵衛を脅して書かせたんだ。店の乗っ取りでも企《たくら》んだ奴の仕業じゃねえのか」

松次はここぞとばかりに膝を叩いて、

「首尾よく、書かせて、爪印《つめいん》を押させた後、隙を見て、急須に眠り薬を入れたにちげえねえ。そして、心《しん》の臓めがけて包丁をぐさっ。もちろん、包丁を隠し持ってたのは、下手人の方だった。今に原田屋は、正体の知れねえ、大悪党に乗っ取られちまうってわけだ」

得意げに続けた。

「しかし、重兵衛さんは、年若いお内儀さんと、楽しい計画を立てるほどお元気でした。何のために、そんな大きなお金を借りる必要があったのです？」

季蔵は首をかしげた。

「だから、あんたは朴念仁《ぼくねんじん》なのさ。原田屋重兵衛は女房のために、長生きがしたくてならなかった。この世には、その手の弱みに付け込んで、ずる賢く、金儲《かねもう》けをしようとする奴らが大勢いるんだ。たとえば、害のねえ葉っぱの汁をうどん粉で練って、若返りの薬だなんて売り騙《だま》す連中のことだよ。中風怖い病だった重兵衛なら、なんなく、引っかかったろうさ」

「だが、そ奴は、どのようにして、二階に上がって、下りて逃げたのだ？　下働きの目があったはずだぞ」

田端は松次の推測の根底を糺《ただ》した。

「あっしは、最初に申しあげました通り、下働きの婆が片棒を担いでると思ってやす」

松次は言い切った。

「ならば、その下働きをここへ」

苦い顔で田端が言うと、松次が下っ引きに命じて、原田屋で下働きをしているおせんを呼んできた。

番屋の冷たい空気に、ぞっと
「こんなところ――」

番屋で詮議《せんぎ》を受ける身となったおせんは、死臭の籠もった番屋の冷たい空気に、ぞっと肩を震わせて、

「もしや、あたしが疑われてるんじゃ――」

白髪の混じったほつれ髪を掻き上げた。

「いや、訊きたいことが幾つかあるだけだ」

田端は珍しく、和んだ表情を向けた。

――おせんさんは田端様の母上ほどの年齢だ――

「お上にも慈悲はある。だから、何でも、包み隠さず、正直に話すんだぞ。金輪際、嘘偽りは通じねえからな」

松次に脅されて、

「は、はい」

おせんはますます震え上がった。

「おまえが原田屋の主重兵衛と一緒に寮に逗留《とうりゅう》したのは、いつからのことか？」

田端の詮議が始まった。

「一昨日《おととい》からでございます」

「今までにあったことか？」

「月に一、二度は必ず」

「用向きは？　客人を呼んでのもてなしか？」

「いいえ。お内儀さんと二人きり、水いらずでお過ごしになるためでした」

「それほど、二人の仲はよかったのか？」

「それはもう。あのことも出来ますし」

おせんの怯えた顔に一瞬、卑猥《ひわい》な薄ら笑いが浮かんだ。

「あのこととはいったい何です？」

気がつくと、季蔵が口を挟んでいて、松次がちっと舌打ちした。

「旦那様は、可愛くてならないお内儀さんに、お歯黒をつけてやるのに病みついていたんです。小さな筆で歯にちょこちょこと塗るんですよ」

酸味の強い悪臭のお歯黒は、既婚女性のたしなみであり、五倍子《ふし》と呼ばれる、ヌルデの木の虫瘤《むしこぶ》を元に作られる黒色染料であった。

――これでわかりましたね――

季蔵は田端と目を合わせた。

「それでは最後に訊く。原田屋の寮の戸口脇の部屋にいたおまえは、お早喜が入ってくるまで、誰も人影を見なかった。これは確かなのだろうな？」

「気楽に居眠りなんぞして、船でも漕いでたなんてことはねえんだろうな」

田端と松次はそれぞれ念を押した。

「あるわけございません。お内儀さんから、急須ごとお出しするよう、長寿のお茶をお預かりしておりましたから。何とこの有り難いお茶ときたら、丑三《うしみ》ツ刻（午前二時頃）に飲まないと効き目がないそうで。お内儀さんは、ああ見えて、奉公人には厳しいお方ですので、居眠りなどして、淹《い》れ忘れでもしたら、すぐにも暇を出されてしまいます。わたしは身寄りのない年寄りです。お言いつけを、守り通さぬ道理はないのでございます。ほんとうでございます、ほんとうです、嘘偽りはございません」

おせんは繰り返し頭を下げ続けた。

九

「帰ってよい。ただし、ここで話したことは誰にも言わぬように。このまま、出来れば店には帰らず、どこか知り合いのところにでも――」

言いかけて田端は、季蔵の顔を見た。

――おせんさんには身寄りがなかった――

「夕餉はまだですね？」

おせんが頷くと、

「今、お嬢さんに文を書きます」

季蔵が理由《わけ》は後で話すので、自分が戻るまで、おせんを預かっておいてほしいという文を書いた。

「これを木原店の塩梅屋まで持って行ってください。お嬢さんが親切にしてくれるはずです。わたしもほどなく帰りますので、それまで待っていてください」

不安そうな顔で、おせんは番屋を出て行った。

三人になると、

「原田屋殺しの下手人は、女房のお早喜にちげえねえってぇのははっきりしたが、手口がわかんねえ――」

松次は首を忙しく左右にかしげた。

「年寄りに長寿の薬を飲ませ、それに眠くなる効用があったからといって、下手人だとは決めつけられない」

田端は行き詰まった時の癖で両腕を組んだだけではなく、正座を崩して搔いた胡座《あぐら》の膝を揺らした。

「ご足労ですが、明日、朝一番でもう一度、向島までご一緒できませんか？」

季蔵の頼みに、

「またかい？」

松次は口をへの字に曲げたが、

「誰の出入りもないのに人が殺されるなんぞ、幽霊話の戯作か、噺、芝居でしか起きぬもの。証は必ず、あの寮にある。お早喜が下手人とわかれば、こちらの見る目もまた違って、今まで、見えなかった証が見えてくるやもしれぬ。今一度、足を運ぶしかあるまい」

田端はさらりとした口調で同意した。

明日の明け六ツ（午前六時頃）永代橋《えいたい》の船宿で落ち合うことに決めて、季蔵は塩梅屋へと帰った。

店仕舞いの刻限である。

すでに暖簾が片付けられていて、三吉の姿はなかった。

――なにやら、いつもと様子が違う――

皿小鉢が洗って布巾《ふきん》の上に伏せてあるだけではなく、店の中が掃き清められていることに気づいた。

「働き者のおせんさんなら、離れに床を取って、先に休んでもらったわよ。まかないの葱たまどんの残りを食べただけなのに、義理堅くて、どうしてもって、ここが片付くまで休んでくれないんだもの。相当、疲れてる様子だったわ」

それだけ告げて、二階へ上がったおき玖は、くわしい事情も、いつまで、預かればいいのかとも、何も、訊こうとはしなかった。

――お嬢さん、ありがとうございます――

翌朝、薄暗いうちに起き出して、身支度を済ませた季蔵は、田端たちと一緒に猪牙舟《ちょきぶね》に乗って向島を目指した。

ふわーっと欠伸《あくび》をして、

「おっと、いけねえ」

松次は口を押さえた。

合わせるようにぐうと鳴った音は田端の腹の虫であった。

「いかがです？」

季蔵は竹皮を開き、赤穂《あこう》の塩だけで握った握り飯を勧めた。

まだ温かい炊きたての飯に、塩味がほんのりと汗を掻いていて、

「こりゃあ、ありがてえ。正直、こう早くっちゃあ、飯は抜きでさ」

松次は目を輝かせたが、田端は無言で握り飯を手にした。

向島の船着き場を下りて、原田屋の寮へと歩を進める。

吹き付けてくる川風が身を切るように冷たい。

「すっかり、馴染みになっちまったな」

松次が門を開けた。

その幹を菰《こも》巻きでくるまれた五葉松が太い枝を伸ばしている。大店の持ち物らしく、石畳が野趣豊かに苔生《こけむ》し、手入れの行き届いた庭であった。

季蔵は二階の窓格子を見上げた。

——戸口から出入りしたのではないとすると、ここから以外、あり得ないのだが——

窓格子の下ではこれまた常緑の沈丁花《じんちょうげ》が風に葉を震わせている。

——これでは梯子《はしご》代わりにはならない——

「窓が気掛かりかい？」

松次に訊かれた。

「ええ」

「こっちもそいつが気になって、昨日は裏手にある窓まで確かめたよ。夏場、風の通りがいいようにと、踊り場の壁に虫籠《むしこ》窓《まど》が拵えてあった」

「裏手にも窓が？」

思わず季蔵はぴんと声を張った。

田端が裏庭へと歩き出し、季蔵は松次と共にその後を追った。

――これは――

季蔵は障子の閉まったままの壁の窓ではなく、直下に植えられている葱の大束に目を奪われた。

「この葱がどうかしたかい？」

「どうしてここにあるのかと――」

「冬場、葱をこうやって、惜しみ惜しみ使うのは、珍しいことではないやね」

「ですが、ここは寮でしょう？　月に一、二度寝泊まりするのに、こんなに沢山、貯えておく必要があったのかと――」

「そうだった」

咄嗟に田端の目が鋭く動いた。

積まれている薪《まき》の山と隣り合っている、横倒しの銀杏《いちょう》の木を凝視した。

その長さは、十六尺（約四・八メートル）ほどもある。

根には泥が付いたままである。

すたすたと歩いて、その木の幹に触れた田端は、

「これはまだ生木だ。太さは葱の束ほどだろう」

と呟いた。

「どういうことですかい？」

松次は困惑顔である。

「説明してくれ」

田端に促されて、

「この木は少し前まで、今、葱の植えられている場所に伸びていたはずです」

「ってえことは、下手人は植わっていた銀杏の木に登って、窓から二階に入り、重兵衛を刺し殺したってわけかい？」

松次は唖然《あぜん》としている。

頷いた季蔵は、

「その後、下手人はこの木を伝って裏庭に下り、銀杏を引き抜いて、薪の横に並べ、木を抜いた跡を目立たなくするために、用意してあった葱を植え、黒い穴を埋めたのでしょう」

「ちょいと待ってくれ。木なんぞ、そうたやすく、引き抜けるもんじゃねえぞ。これだけの太さともなりゃあ、木こりだって一日がかりだ。並の奴にはそんな芸当はできねえ。女

のお早喜の仕業じゃねえってことにもなっちまう」

「その謎は、原田屋に銀杏の木を売った植木職を調べれば、いずれ解ける」

田端は言い放ち、急ぎ市中に戻って、松次が調べ上げた。

「染井に住む植木職の一人が、十日ほど前に、頼まれて、向島の原田屋の寮まで、銀杏の木を運んで植えたってえ話だ。その時、立ち会ったお内儀が、ちょいといい女の上、駄賃をたんとはずんでくれたんで、おかしな頼みだとは思わねえでもなかったが、ぎりぎり倒れねえぐれえに、穴は浅く掘って銀杏の木を植えたんだそうだ」

これでたやすく、銀杏の木と葱の束が植え替えられた理由がわかった。

お縄になって証を突きつけられたお早喜は、

「おちずさんの書いた〝幽霊殺し〟に、庭の木を伝って家に入り、人を殺しておいて、幽霊がやったと見せかける仕掛けがあったので、利用しようと思いました。昔、女浄瑠璃で売れる前、軽業を嫌というほど仕込まれたので、身のこなしには自信がありました。摂生好きで、この先、どこまでも、長生きしそうな亭主を殺しました。後悔はしていません。あのしつこさときたら――もう、うんざりだったんです」

罪を認めた。

さらに、

「銀杏の木を植える話は旦那様も知っていました。わたしが逢瀬のために、身軽にこっそり、寮の二階を行き来するというのが、新鮮だ、一興だと言って賛成してくれたんです。

あの男の手に残っていたというお歯黒は、殺す一日前のものです。おせんとあの男が先に出て、わたしは昼過ぎた頃、適当な理由をつけて、遅れて店を出ました。行き先は誰も知りません。あの男は面白がっていましたが、わたしには大事な大事な試《こころ》みでした。梯子代わりの銀杏にはじめて上り、窓から伝い這入《はい》ったのです。嫌で嫌でならないのに、お歯黒を持って行って塗らせたのは、わたしの軽業余興に、くらくらさせるためでしたが、洗いもせずに、そのままにしていたのは気がつきませんでした。あれさえ、落とさせておけば

――」

お歯黒がきっかけで罪が発覚したと聞いて唇を噛んだ。

お早喜には片棒担ぎがいて、

「おちずさんのところに長く居たのは、暗くなってから、おせんに悟られずに、二階に上がって殺すためでしたが、五太郎ちゃんの可愛さにも引き留められました。これは本当です。それから、亭主殺しのために、おちずさんの〝幽霊殺し〟を、元々、無かったもののように仕組んだのは、悪かったと心から悔いています。でも、わたしはおちずさんが羨《うらや》ましかった。おちずさんには優しい旦那さんと可愛い五太郎ちゃんまでいるんですから。だから、生い立ちやおとっつぁんの話を聞いて、これを使って、血まみれの男で怖がらせれば、〝幽霊殺し〟も何もかも、おちずさんの病がなせる、夢幻と見なされるだろうと、愛《いと》しい若い医者が言った時は、これでおちずさんの鼻を明かせると思ったんです」

長寿の薬と偽って眠り薬を煎《せん》じた、出入りの若い医者との仲を白状した。

医者は殺しのあった当日、葱を調達して、一緒に植え替える手伝いをしていただけではなく、血まみれの男を装って、おちずや五太郎の前に現れていた。

お早喜が小伝馬町《こでんまちょう》へと移されてほどなく、五平から、おちずが手ずから拵えたという、滋味豊かなしみつかれが、文と共に塩梅屋に届けられた。


おちずは心を開いていた相手に裏切られて、しばらく、落ち込んではいましたが、実父譲りの病ではなかったとわかり、前のようなことはなくなりました。

わたしがせがんで、故郷の味である、しみつかれを作らせました。

好物の塩鮭を入れさせて――。

季蔵さんにも、是非、召し上がっていただきたいとおちずが申しております。

長崎屋五平
塩梅屋季蔵様

おちずのしみつかれは、炊きたての飯にかけて食べると、骨の髄までほかほかしてくるようで、美味さが倍増した。

第二話　河豚毒《ふぐどく》食い

一

お早喜《さき》に殺された原田屋《はらだや》重兵衛《じゅうべえ》は、近親に跡継ぎがいなかったこともあり、店仕舞いとなった。

長崎屋《ながさきや》五平《ごへい》は、解決の糸口となる話をしてくれたおせんを、この事件に巻き込まれていたおちずの恩人だと感謝して、すぐさま、自分の店に雇い入れた。

「すっかり、お世話になりました」

「ほんとうによかったわ」

おき玖《く》は笑顔でおせんを送り出したものの、

──困ったわ──

「どうしましょうね」

季蔵《としぞう》に相談をもちかけた。

「そのことなら、わたしも気にはなっていたのですが──」

お内儀による主殺《あるじ》しという変事に見舞われた日以降、原田屋から、葱《ねぎ》たまどんに使う卵は届けられてこなかった。

――こんな時に到底無心はできない――

店仕舞いを命じられた原田屋は、主の先のことを考えない、女房可愛《かわい》さゆえの散財ぶりが高じ、意外にも内情は火の車だったことがわかった。

――鶏を飼う農家への支払いは遅れがちで、奉公人たちへの給金さえも滞《とどこお》っていたとのことだ。甘えてはいられない――

とはいえ、二個の卵を煎《い》り酒と溶き混ぜて、大盤振る舞いするかけ汁こそ、葱たまどんの真髄なので、もとより、これは外せなかった。

仕方なく、季蔵は店売りの卵で間に合わせることにした。しかし、その値段は高く、店売りの卵で拵《こしら》えた葱たまどんは、原田屋から分けてもらっていた時の三倍の原価で、大きく足を出していた。

あと何日かで今年も終わる。

遅くとも、晦日《みそか》までには、掛けで買っている、高い卵代を払わなければならない。

だが、葱たまどんは、赤字なので、手元にある金では、まるで、話にならなかった。

――支払いができなければ、塩梅屋《あんばいや》の信用に関わる――

「おとっつぁん、〝借金は、翌年に持ち越すな〟って、口を酸っぱくして言ってたわ。見《み》栄《え》で商いは出来ないって。見栄で生きるのはお侍のすることだって――」

ふと洩《も》らしたおき玖は、あわてて、自分の口を両手で塞《ふさ》いで、

「あら、いけない、あたし、何もそんなつもりじゃ――」

「気にしていません」

季蔵は苦笑した。

――五平さんに何も相談せず、高い卵を買い足したのは、元武士だったわたしの意地だったのかもしれない。わたしの責任だ。何とかしなければ――

そんな師走《しわす》も残り少なくなったある日、塩梅屋に届け物があった。

「お奉行様からよ」

風呂敷に包まれた届け物は、皿に載せられた、ぷっくりと腹の膨《ふく》れた大きな河豚《ふぐ》であった。

「あらっ」

一瞬、おき玖の表情が曇って、

「どうしてこんなものを?」

内臓を食べると毒死することの多い河豚は、表向き御禁制になっている。

北町奉行烏谷《からすだに》椋十郎《りょうじゅうろう》からの文が添えられていた。


立ち寄って、河豚の刺身と唐揚げ、ヒレ酒、雑炊《ぞうすい》を所望したい。

烏谷

「おとっつぁんにお奉行様が河豚好きとは聞いてないから、今回初めて、御法度《ごはっと》を破るのね。でも、どうしてかしら？」

おき玖は首をかしげた。

「何かお考えあってのことでしょう」

季蔵は河豚を俎板《まないた》の上に移した。

「たしかに、お奉行様のお頼みとあっては従うしかないわよね――」

「瑠璃《るり》も世話になっておりますし」

季蔵の元許嫁《いいなずけ》の瑠璃は、心を病んで衰弱した身を、烏谷が馴染《なじ》んだ元芸者で、今は長唄の師匠で暮らしを立てている、南茅場《かやば》町のお涼《りょう》の家に寄せていた。

――それだけではない――

北町奉行ともあろう烏谷が、ただの一膳飯屋にすぎない塩梅屋へ立ち寄るのには理由《わけ》があった。

季蔵が亡き長次郎《ちょうじろう》から引き継いだのは、塩梅屋だけではなかったのである。

元同心だった長次郎は、烏谷の下《もと》で働く隠れ者としてのお役目も果たしていたのである。

烏谷に乞《こ》われて、逡巡《しゅんじゅん》の末、このお役目をも引き継いだ季蔵は、闇《やみ》に葬られてしまう悪事を暴き出し、時には、死の裁きを加えるのが務めであった。

おき玖をはじめ、ほかにこの事実を知る者はいないはずである。

松次《まつじ》や田端《たばた》は、推理好きの季蔵に、生まれ持っての観察眼や、直感力が備わっていると思っているにすぎなかった。

――ただし――

季蔵は細められて筋になった両目から、きらりと刃が光り出す、南町奉行所同心島村蔵《しまむらくら》之進《のしん》の笑い顔を思い出した。

――餅屋《もちや》は餅屋同士――

実は蔵之進も同業だったのだと、気づかされたのはこの秋のことであった。

――向こうにも気づかれている――

蔵之進の存在は季蔵の不安を募らせていた。

――こうしたお役目、市中には、あのお方以外にも、まだ、いるのではないか？――

しばし、重い想《おも》いの中に沈んでいた季蔵は、

「季蔵さん」

おき玖の呼びかけに、はっと我に返った。

「毒は大丈夫かしら？」

「河豚を料理するのは初めてですが、白い身は、どんな河豚でも無毒だと聞いています。白身に限って料理すれば、まず、大丈夫だと思います。念のため、『料理物語』のふくとう汁（ふぐ汁）について書かれている部分を手引きにして、河豚を下ろすことにします」

「それじゃ、あたしが『料理物語』をとってくる」

おき玖は離れの納戸へと走って、〝料理物語〟と書かれた本を持って戻った。

『料理物語』は寛永二十年（一六四三年）、三代家光の治世に書かれたもので、上方《かみがた》言葉が使われていることから、京都に居を構えた大坂出身の商人か、料理人かが、後進のために書き遺《のこ》したとされている。

実用的でありながら、格調の高い名著であった。

季蔵はこの本に従って、河豚を下ろし始めた。

まずは俎板の河豚に上から切り込みを入れ、頭を切り離し、左右のヒレを落とす。臀《しり》ビレ、背ビレも切り落とす。

「火は熾《お》きているわ」

素早くおき玖は、ヒレ酒のために、ヒレを焼き網の上に置いた。

ヒレ酒は、酒に、焼いた河豚のヒレを浸して供される。

白皮と黒皮の間に包丁を入れて、境に添って進ませ、黒皮、白皮の順番で、注意深く助け包丁を入れながら捌《さば》いて、皮をすべて取り除く。

この時、皮の棘《とげ》は抜き取る。

「猛毒の内臓を傷つけて、身に毒を付けてはいけないので、油断は禁物です」

河豚の毒は白い身には無く、内臓全般にあるとされている。

次に、両側の顎骨《あごぼね》に包丁を入れて、身と骨の境にまで進ませておき、開いたエラを、包丁で押さえて引きはがす要領で切り離し、内臓に取りかかる。

「いよいよ内臓ね」

ここまで来て、やっと、猛毒を除去することができるのである。

最後に左右の目を取り除く。

「井戸水を汲《く》んでくるわ」

おき玖が盥《たらい》一杯の水を運んできた。

『料理物語』には〃皮を剝《は》ぎ、頭にあるかくしぎもを取り除いて、血がなくなるくらいに洗い――〃とあった。

こうして、刺身にする、身欠《みが》きと呼ばれる白身だけの状態になった。

この後、頭部を切り離し、背骨に添って包丁を入れて二枚に下ろす。

残りの片身にも包丁を入れて三枚に仕上げた。

身のついた背骨等のアラは、後で雑炊に使う。

二つの片身のうちの一つは唐揚げ用に取り置いて、もう一方の片身だけに、横に包丁を滑らせて、身皮を剝ぐように薄く切り取る。

これを刺身に引くのが、河豚のお造りである。

河豚の生の白身は、こりっとした固さがあるので、鯛《たい》や鰹《かつお》のように厚切りにすると美味《うま》くない。

「刺身に引くのはお奉行様がいらしてからにします」

季蔵は何枚かの身皮を晒《さら》しで包んで休ませた。

河豚の身皮は、こうして休ませた方が、味に深みが出るのだと、長次郎が話していたことを思い出してのことである。

――冬の白身魚の双璧《そうへき》は、西の河豚に東の鮟鱇《あんこう》だという話の折だった――

「それにしても――」

おき玖はどうやって、毒のある内臓を始末したものかと考えあぐねていた。

「うっかり、埋めたりすると、犬や猫が掘り出して食べてしまうかもしれないし――」

「この河豚は雌《めす》ですから真子《まこ》（卵巣）があります。真子は、雄の白子（精巣）、肝と並んで、ことさら、毒が強いとされています。焼いて灰にしましょう」

季蔵は言い切って、裏庭で焚《た》き火を始め、火の中に放り込んで、毒が灰になるまでを見届けた。

二

烏谷はいつもと変わらず、暮れ六ツの鐘が鳴り終わったとたん、

「邪魔をする」

ゆさゆさと巨体を揺らせながら、のっそりと店に入ってきた。

「面白いものが届いておろうが」

ぐるぐると大きな目を忙《せわ》しなく回して、わははと大声で笑った。

「お奉行様らしからぬ頂き物でした」

季蔵はやや迷惑そうな物言いをした。

「まあ、そう言うな。上方では食通に河豚食い無くと言うでな。上方は好かぬが、この一言は名言じゃ」

烏谷はなおも、笑い続けながら離れへと向かった。

早速、季蔵は所望された料理に取りかかった。

――たしか、とっつぁんの話では、親指ほどの大きさに引くのだとか――

「まるまる一尾、鯛をお造りにする時の大皿があったわ」

おき玖が清々《すがすが》しい藍地の伊万里《いまり》焼きの皿を用意した。

この皿に透き通るように薄い河豚の刺身を、平らに重ねて円状に盛りつけていく。

――仕上げはふぐ皮――

湯引いた皮を冷水に晒し、細切りにしたものを添えて仕上げた。

迷った末、梅風味の煎り酒と酢を半々で割って、河豚刺しのつけだれにした。

河豚の唐揚げの方は、深鍋にたっぷりと油を熱して、片身を一口大に切り揃《そろ》えて、軽く小麦粉をまぶした切り身を、きつね色にからりと揚げる。

これの薬味は赤穂《あこう》の塩のみとした。

「待ちくたびれたぞ」

すでに、烏谷はヒレ酒でしたたか酔っていた。

「どうぞ、せっかくの刺身が乾かないうちに召し上がってください」

季蔵は烏谷の前に見事な河豚刺しの大皿を置いた。

「何で河豚刺しなのだ？」

烏谷は不機嫌な面持ちで箸《はし》を手にした。

――酔っておいでなのだろう――

「御所望いただいた品にございます」

「だが、今夜とは書いてはおらぬぞ」

烏谷はつけだれに浸した河豚刺しを、舌に載せて目を剝《む》いた。

「不味《まず》い――」

――そんなことはないはずだ――

「不味いと申しておるのだぞ」

烏谷は声を荒らげた。

「いただいた河豚は活きがよく、すぐ調理いたしました。毒の心配もございません」

「しかし、不味いものは不味い」

眉《まゆ》を寄せた烏谷は、

「試しにそちも食うてみよ」

季蔵に箸を握らせた。

しばし躊躇《ちゅうちょ》していると、

「もう、その箸は使わぬゆえ、かまわぬ」

促されて、烏谷と同じように、一片の河豚刺しを味わってみた。

――どうして？――

はじめて食べる河豚刺しは、歯応《はごた》えは烏賊《いか》よりも固く、その姿同様、紙のような味気なさであった。

風味が全く感じられない。

つけだれの味ばかり残る。

――あれほど苦労して拵えたというのに――

「よもや、そちも美味いとは思わぬであろう」

「はい」

季蔵は低く呟《つぶや》くように頷《うなず》いた。

「ついでに言うが、このヒレ酒も不味い。飲んでみよ」

試したところ、これにも、焼いた魚の香ばしい匂《にお》いこそ移っていたものの、味わいそのものは薄かった。

「たしかに――」

――お嬢さんだって、焦げすぎないように気をつけて、じっくり、焼き上げたヒレだったのに――

「理由を教えてやろう。河豚刺しは寝かせ方が足りぬゆえだ。そち、河豚を何刻頃捌いた？」

「八ツ頃（午後二時頃）かと」

「ならば、わしの口に入るまで、半日も寝かせておらぬな。河豚の身は新しければ美味いというものではない。丸一日は寝かせぬと固く、無味なばかりだ」

――これはとっつぁんの言っていたことと同じだ。ただし、一日寝かせるとまでは聞いていなかったが――

「ヒレ酒の方は、河豚のヒレをよく乾かしてから、こんがりと炙《あぶ》って、酒に浸すのだ。そうしなければ旨味は出てこない」

烏谷は言い切り、

「未熟でございました。お恥《こうべ》ずかしい限りでございます」

季蔵は畳に手をついて頭を垂れた。

「そう律儀に謝らずともよい、頭を上げよ」

烏谷の声音《こわね》が優しく響いた。

――何か、魂胆がおありだ――

季蔵は畳の縁《へり》を目で追った。

「萩屋《はぎや》という小さな小間物屋が新和泉《いずみ》町北側にある。主に五器《ごき》太鼓を売っている」

五器太鼓というのは、五器は椀、太鼓はでんでん太鼓で、どちらも、河豚の皮を使った子どもの玩具《おもちゃ》であった。

――皮だけ玩具に使うのなら、お咎《とが》めにはなるまい――

「近頃は河豚提灯《ちょうちん》も売り出している主晋右衛門《しんえもん》は、ことのほか、河豚食いにうるさい長州（山口県）の出だそうだ。故郷《くに》の長州は無論、江戸も河豚の商いがしにくいと嘆いていた」

河豚は各藩が〝河豚食用禁止の控え〟を設けて厳しく取り締まってきていたが、ことに、大量に獲れる長州は厳重で、家禄の没収や家名断絶という措置を定めていた。

一方、武家の徳川家が将軍として君臨する江戸でも、武士が河豚毒に当たって命を落とすのは、見苦しい限りで、犬死にに等しいと見なされていた。

主君の象徴である城を食べるという意味にも通じる、コノシロ食いの禁止と同様であった。

江戸広しといえども、河豚料理を堂々と看板に出している店は見つけにくかった。

それでも、町人たちの間では、ただ同然で手に入る河豚をぶつ切りにして、葱や豆腐と合わせるふぐ鍋が食べられていた。

ただし、その結果、死者が出ても、誰も届け出なかったのである。

——お奉行様はいったい、何をおっしゃりたいのだろう——

季蔵はやや焦《じ》れて、

——それにしても、今まで河豚好きであったとは、毛ほども表に出さなかったお奉行様は、密《ひそ》かに河豚料理を極めておいでのようだ。なにゆえ、今、その秘密をわたしに告げられたのだろう？——

「萩屋の主晋右衛門ほど河豚にくわしい者はおらぬであろう。何でも、京に都のあった頃に書かれた、最古の本草《ほんぞう》書である、〝本草和名《わみょう》〟という本にも出てきていて、布の久と書いてふぐと読ませているのだそうだ。また、太閤《たいこう》秀吉公は、文禄慶長の役（朝鮮出兵）の折、肥前名護屋《ひぜんなごや》を目指してやってきた武士たちが、河豚食いで命を落とさぬよう、禁止令を出している。これらが示しているのは、毒に当たって死ぬかもしれぬとわかっていても、食わずにはいられないほど、河豚は美味いということだと、晋右衛門は申しておる。まさに、誰もが、〝河豚は食いたし死にたくはなし〟なのだ。それで萩屋は間口《まぐち》こそ狭いが、奥が長い――」

そこで烏谷はふふふと笑った。

――まさか、萩屋では――、小さな小間物屋とお奉行様がこれほど懇意なのは――

「美味い河豚は長州や江戸に限らず、城主の数だけ、各地で食べられていると言っても、過言ではあるまい。毎年、この時季になると、萩屋では、密かに、長州伝来の技を駆使した河豚の仕立てだけではなく、各地選《え》りすぐりの河豚料理を食わせているのだ。ふぐ皮細工は目くらましにすぎぬ。この道を極めた晋右衛門の腕にかかれば、河豚毒で死ぬことなど、まず、あり得ぬのだ。訪れる客たちの中には、上様のおそば近くに仕える方々までおられる。どうだ？　季蔵、そち、未熟を恥じているのならば、ここでしばらく、修業を積んではどうだ？」

「有り難いお言葉ではございますが、わたしは、今もこれからも、市井《しせい》の一膳飯屋の主です。御禁制の河豚を品書きに載せて、お勧めすることはございませんので――」

辞退を伝えると、

「しかし、それでは到底、この年の瀬、塩梅屋はやりくれぬぞ。萩屋は一日限りで三両出すと申している」

烏谷はじっと季蔵を見つめた。

――うちの窮状までご存じとは――

三両は追加の卵代を払うのに、充分な金子《きんす》であった。

「わしが地獄耳であることとわかっておろう」

烏谷はからからと笑って、

「正直に申そう。河豚祭りを前にして、萩屋の主晋右衛門が床《とこ》に臥《ふ》せっておるのだ。何日か前の夕刻、家の近くで、後ろから何者かに襲われ、利き腕を折られ、倒された弾みに両足を捻《ひね》ってしまったのだ。これでは当分、歩けず包丁が握れない。だが、病ではないので、指図はできる。晋右衛門が文を寄こして、皆様が楽しみにしてくだすっている、例年の宴《うたげ》を取り止《や》めにはできないと、泣きついてきたので、すぐに、そちのことを思いついたのだ」

――毒抜きの河豚捌きには腕がいる。まずは、わたしの腕試しのために、河豚を届けてこられたのだな。しかし、わたしが及ばぬ腕で、白身に毒を移してしまっていたとしたら、どうなさるおつもりだったのだろう――

季蔵の呆《あき》れた視線を感じた烏谷は、

「泰平《たいへい》の世ゆえ、そちの河豚毒で死ぬも、また、よしと思った。だから、断じて、臆して河豚刺しに文句をつけ、一切れしか食わずにいるわけではないぞ。これも、アラで取った出汁《だし》に入れて、雑炊を作れば、たいそう美味なはずだ。さあ、これで河豚の雑炊を頼む。このところ自慢の卵をたっぷり使ってくれ」

そう言い置いた烏谷は、河豚の唐揚げの皿に手を伸ばした。

手づかみでむしゃむしゃと食べると、

「これは美味い。ほかの白身魚にはないコクがある。申し分ない」

満足げに言い放った後、

「だが、あと、河豚刺しのつけだれ、あれも駄目だ。心して修業せよ」

言葉とは裏腹に片目をつぶって見せ、

「承知いたしました」

季蔵は再び頭を垂れた。

三

「お奉行様が内輪の年忘れ会をなさりたいとのことで、お手伝いすることになりました」

季蔵は河豚料理の宴であるとまでは、おき玖に言わなかった。

宴の前日、季蔵は翌日の段取りのために萩屋へと向かった。

萩屋は烏谷が言っていた通り、気をつけていなければ通り過ぎてしまいかねないほど、狭い間口の先に、鰻《うなぎ》の寝床のような奥が続いている。

主が臥していると あって、店の戸は閉められている。

季蔵は裏に回り、

「お邪魔いたします」

声を張った。

勝手口の戸が開いて、

「あっ？」

と思わず季蔵は小さく叫び、

「これは？」

武藤《むとう》多聞《たもん》が目を丸くした。

浪人者で長屋住まいの武藤多聞は、妻子を養うために、よろず商いの看板を掲げ、掃除、洗濯、買い物、病人の介護等、何でも厭《いと》わずに引き受けていたが、中でも得意は料理である。塩梅屋でも臨時に働いてもらうことがある。

季蔵とは懇意の仲である。

料理だけではなく、幾つかの事件に関わるうちに、次第に、心を通わせ合うようになっていた。

――武藤さんの家族にだけは幸せになってもらいたい。わたしたちの分も――

武藤の口が不自由な妻邦恵《くにえ》は、夏に、月満ちて無事女の子を生んだ。

——邦恵さんが言葉を発しないのは、生まれつきなのか、何か、よほどのことがあってのことなのか分からないが、赤子と三人、仲睦《なかむつ》まじく暮らしている様子は救いになる——

知らずと季蔵は、以前武士だった自分と、もはや、人並みとは言い難い瑠璃の身の上を、武藤とその妻に重ねていた。

「しかし、どうして——」

二人は同時に同じ言葉を口にして、ぷっと吹き出し、

「それがしの方から申そう。南町のお奉行様の催された宴の料理を、季蔵殿の推挙で手伝わせていただいたのが功を奏して、福島町の口入屋《くちいれ》久寿屋《くずや》の耳まで届いたのだろう。使いの者がそれがしのところを訪れて、条件はあるが、萩屋で包丁をふるってみないかと誘った。引き受けたのは、恥ずかしながら、目が飛び出るほどの手間賃だったからだ。はるえは今のところは元気だが、赤子のこととて、いつ病に罹《かか》るやもしれぬ。病となれば、医者にかからねばならず、よく効く薬は高い」

武藤は心配性の父親の顔になった。

「わたしも同じようなものです。冬どんぶりの卵代が嵩《かさ》んで——」

もとより、季蔵は烏谷の名を口にする気はなかった。

「塩梅屋へも、久寿屋さんが？」

「いえ、別の口入屋でしたが——」

「しかし、ここへ来て、手間賃が高い理由がわかった」

武藤は一つ咳払《せきばら》いをした。

「何なのでしょう？」

季蔵は惚《とぼ》けた。

「実は、それがし、今しがた、主晋右衛門殿に挨拶《あいさつ》をしてきた」

「それではわたしも早速――」

季蔵は狭い間口からは想いも及ばぬほど、ゆったりと広い厨《くりや》を見回した。

「主から、包丁をふるうのは河豚だと知らされた」

武藤は浮かぬ顔である。

「山河豚でもなく？」

季蔵は惚け続ける。

山河豚とは、河豚に歯応えのやや似ている、蒟蒻《こんにゃく》のことであった。

「うむ。間違いなく、あの毒のある河豚なのだ」

「なるほど」

「驚かないのか？」

「料理人を生業《なりわい》にしていると様々なことがございます。一度だけですが、どうしてもと頼まれて、密かに河豚を捌いたことがありました」

「よかった――」

胸を撫《な》で下ろした武藤は、

「それがしは捌いたことがない。指南のほどよろしく頼む。この通りだ」

深々と頭を下げた。

主の晋右衛門は、厨の隣りにある、北向きの四畳半の座敷に布団を敷いて横になっていた。

「塩梅屋にございます」

部屋内からの声を待って、季蔵は障子を開けた。

「よく来てくれなすった」

痛めたのは手足だが、ほかにも殴られた箇所はあるのだろう、額にまで膏薬《こうやく》を貼《は》っている晋右衛門は、顔をしかめ、痛みを堪《こら》えて上体を起こすと、季蔵に中へ入るよう促した。

「河豚には慣れているのだろうね」

季蔵が一礼して顔を上げると、晋右衛門はいきなり、核心を突いてきた。

「捌いたことはございます」

これは嘘《うそ》ではない。

「さっきの浪人もそう言っていたが――」

――武藤さんは苦しい嘘を――

「失礼なことをお訊《たず》ねいたしますが、河豚料理はいつも、旦那様がお一人でなさるのですか？」

季蔵は念を押してみた。

――下働きの一人でもいれば、二人も料理人を雇う必要はないはずだ――

「もちろん、このわし一人でやっている。人の口に戸は立てられない。うちで河豚料理の宴が催され、やんごとなきお方がいらっしゃっていることが、外に洩れてはまずい」

晋右衛門はさらりと言ってのけて、

「河豚捌きは、毒捌きだということは知っておいでだな」

季蔵の目を睨《にら》み付けるかのように凝視した。

「毒のある肝の類《たぐい》を、傷つけずに取り除く技はございます。どうか、ご安心ください」

「慣れた者はとかく慢心する」

晋右衛門は唇をへの字に曲げた。

――慢心するほど慣れてはいないのだが――

「心いたします」

「気づかぬほどに、猛毒の肝（肝臓）や真子（卵巣）に傷がついて、少しでも、それらで白い身が汚れれば、無毒のはずの河豚の身でも死人は出る。それから、河豚のカクシギモ（腎臓）は頭と背中の骨の間にあって、見落とされがちだ。ひとたび、河豚毒で当たる客が出れば、口づてに市中に広がり、この宴で一年分を稼ぐ、萩屋はすぐにも立ち行かなくなってしまう。果たして、あんたたちに任せられるものか？」

晋右衛門は頭を抱えた。

——ここまで信用されていないとなると——

「ならば、いっそ、この宴を取り止めますか？」

卯代のことが、ちらと季蔵の頭を掠《かす》めた。

「皆さんが、楽しみにしておられる宴は明日だ。うちのような隠れ河豚料理屋は、市中に何軒かはある。今更、取り止めては、他所《よそ》へ鞍替《くらが》えされて来年はない。取り止めはしない」

晋右衛門は真一文字に口を引き結んだ。

「それでは、どうか、わたしどもにお任せください」

「そうするしかないな」

晋右衛門は添え木を当てられている、動かない自分の右手に、悔しそうに見入って、

「そこの文箱《ふばこ》を開けてくれ。先ほど、挨拶に来た浪人者にわたしの言った献立を書き留めさせた。二部作って、一部は浪人者に渡してある」

「わかりました」

季蔵が文箱から取り出した紙には、以下のような河豚尽くしの献立が書かれていた。

突き出し　河豚の煮凝《にこご》り　河豚白子の酢の物

お造り　各河豚刺し

菊盛り　牡丹《ぼたん》盛り

胡蝶《こちょう》盛り　小鶴《こづる》盛り
双鶴《そうかく》盛り　双亀《そうき》盛り
煮物二種　河豚の湯引き　河豚のかね炊き
揚げ物　河豚の唐揚げ
鍋物　河豚鍋　干し松茸《まつたけ》入り
飯物　河豚雑炊
特別料理　河豚真子の糠漬《ぬかづ》け　百尋《ひゃくひろ》焼き

目を通した季蔵は、

「一つ、二つ、お訊ねしたいことがございます。特別料理にある、真子の糠漬けですが、真子はどんな河豚でも猛毒だと承知しているのですが――」

「河豚真子の糠漬けは加賀藩から伝わった珍味で、真子の毒も二年から三年、糠漬けにすれば、綺麗《きれい》に毒が消えるので心配はない」

晋右衛門はそんなことも知らないのかという顔で季蔵を見た。

「毒が消えるまでに、二年なのか、三年なのか――」

このあたりが大雑把すぎる気がした。

「それは真子の大きさにもよるが、この萩屋の真子の糠漬けで、命を落とした客人は、まだ一人もいない。食べ頃の漬かり具合のいいものを、蔵から出しておいたから心配ない」

——それにしても、たちどころに息の根が止まる、猛毒だったものを食べるとは——

眉をひそめかけた季蔵に、

「真子ならではのこってりした、いわく言い難い旨味は、到底、白子（精巣）の比ではない、河豚料理の極みはこれだと、皆さん口を揃えておっしゃる」

晋右衛門は無邪気に笑った。

四

「浪人さんを呼んでおくれ」

晋右衛門は武藤を呼ぶと、

「また、お願いするよ」

紙と筆を用意させて、左記のように口述を記させた。

一、河豚捌きの折に出る皮や臓物は、蔵にある指定の瓶に入れ、毒肝は宴の前に焼却のこと。
一、河豚刺しの刺し盛りは、本日より特訓のこと。なお、この折の刺身は食べ頃ではないので、これも焼却のこと。但《ただ》し、料理人は食べてもかまわない。
一、当日は客人到着までに、好みの刺し盛りを仕上げておくこと。毎年、客人たちは三名ずつ決まった部屋で料理を召し上がるが、刺し盛りの盛り方にはそれぞれ好みがおありになる。

菊の間へは菊盛りといった具合に、部屋の名は盛りつけの名と同じである。

客人たちの姓名、身分については詮索《せんさく》無用のこと。
一、河豚毒は速やかに致死をもたらすゆえ、料理は全品、料理人が必ず毒見のこと。
一、河豚は部屋数より二尾多く用意したゆえ、今日中に料理を試作、味見のこと。この折、厨にある酒は飲んでもかまわない。いや、むしろ、客人になったつもりで、料理を肴《さかな》にせよ。
以上

――何と毒見役まで手間賃に含まれていたとは――

季蔵と武藤は思わず、顔を見合わせて苦笑いした。

察した様子の晋右衛門は、

「長年、わしもやってきたことだ。己の命をお客様に捧《ささ》げて供す、これが河豚料理の真骨頂なのだ」

と言い放ち、

「何か、わからないことがあったら、すぐにわしに聞きにくるように。それと、煮凝りに用いる干し河豚は、わしが用意してある」

親切な言葉とは裏腹に、むっつりとした表情で苛《いら》ついている心情を隠した。

──たしかに、不慣れな我らに河豚料理を託すのは、さぞかし、気が揉《も》めることだろう──


厨に戻ると、八ツ刻の鐘が鳴り終わったところだった。

「始めましょう」

季蔵は八尾の大きな河豚の仕込みに取りかかった。

──この河豚の身を薄く削《そ》いだ刺身用にするには、七ツ半（午後五時頃）近くまでかかる。宴の始まりが、明日の暮れ六ツとして、丸一日は寝かせなければならないとすると、今からでも遅すぎるくらいだ──

「蔵から瓶を取ってくる」

武藤が蔵へと走った。

瓶は五個でそれぞれ、中は綺麗に洗い清められ、各々《おのおの》、真子、白子、キモ、皮、腸《わた》と書かれた紙が貼られていた。

「念のため、このうち、真子とキモは別にしておこう」

武藤は真子、キモと書かれた文字を朱筆で丸く囲んだ。

「今から一尾捌いてみますので、ごらんになっていてください」

季蔵は俎板の上に河豚を置いて、包丁を手にした。

一度やっているだけに、そう難儀ではなかったが、

「晋右衛門さんがおっしゃっていた通り、カクシギモが少し厄介です。鰓《えら》の近くにあるの

で、これを外すのに気を取られていると、包丁の切っ先が滑って、カクシギモを傷つけてしまいかねません」

「なるほど」

食い入るように見入っていた武藤は、

「それでは、それがしも」

いよいよ河豚捌きに取りかかった。

見事な包丁捌きである。

何より臆していない。

「どうやら、武藤さんも河豚捌きをやったことがおありのようだ」

「いや」

首を横に振った武藤は、

「しくじれば、これに命を取られるかもしれないと思い、必死でやっておる」

この時季だというのに、額から玉のような汗を噴き出させている。

「それにしても、カクシギモとはまさに、人の人生に張りめぐらされている、落とし穴のようなものだな」

ふと呟いた武藤に、

――もしや、武藤さんにも、歯嚙《はが》みし続けてもまだ足りない、苦渋の過去があるのかもしれない――

季蔵は知らずと、相手と自分の過去を重ね合わせていた。

暮れ六ツの鐘の音が鳴りはじめたところで、八尾の河豚が捌き終わり、内臓の仕分けが終わって、薄く取られた身皮の白身は晒しに包まれた。

「ここはこの後、試作のために竈《かまど》を使う。このまま、おいてよいのだろうか？」

武藤は首をかしげ、二人は晋右衛門に訊きに行った。

「河豚の身皮は火の気のない厨と決まっている」

晋右衛門はぎょろりと目を剝いて、無知な二人への憤懣《ふんまん》に代えると、

「思い出したが、橙は大丈夫《だいだい》だろうか？　伊豆から届いて、そのままにしておいた橙の箱を開けてみてくれ。あれがなければ河豚刺しではない」

青ざめた顔で悲痛な声を出した。

——どうやら、河豚刺しのつけだれには、橙の搾り汁を酢の代わりに使うようだ——

「わかりました、早速」

二人は橙の入った木箱を開けて、中身が無事だとわかると、胸を撫で下ろした。

「さらに主は心労が続くことだろう」

そう呟いた武藤は、橙のことを報せに晋右衛門のところへ行った。

「主がいきり立っている。死にたいなどとも口走る。あんな様子では、ああして寝ていても、養生にならぬであろう」

困惑しきって戻ってきた武藤に、

「わたしが行ってみます」

季蔵が代わった。

「あんたか――」

興奮のあまり、赤い顔になった晋右衛門は、

「あれを見てくれ」

絵師が皿に絵を描いたかのように見える、畳の上の六枚の絵に顎をしゃくった。

「河豚刺しの盛りつけ図ですね」

「この店を始める時、上方の知り合いから祝儀代わりに貰《もら》い受けた。当初は、べた盛りとも言われる、河豚の身皮を薄く削ぎ切りにして、一枚一枚を菊の花弁に見立て、開いた菊の花姿に仕上げてゆく、菊盛りしかできなかったが、その後、少しずつ、絵心を学んで、ここにある種類をすべて我がものとした。客人たちは河豚刺しを目で観《み》て味わってくれる。無様な河豚刺し盛りはお出しできない」

晋右衛門は口をへの字に曲げて、頭を抱えた。

盛りつけ図に見入っていた季蔵は、

「わたしたちはこれでも料理人のはしくれです。包丁の返し方一つで、盛りつけが引き立つことは百も承知です。それぞれ六種類の河豚刺し盛り、これからお見せいたします」

季蔵は言い切り、盛りつけ図を持ち帰って、身皮の毒見を済ませた後、早速、各種お造りに取りかかった。

「一尾の河豚の身皮で、六種類の盛りつけをするのですから、皿は小皿でやりましょう」

――小皿で大皿のごとく仕上がれば、晋右衛門さんに安心してもらえる――

それから一刻（約二時間）の間、季蔵と武藤は黙々と盛りつけを続けた。

菊盛りの菊の花弁を丸く削いで盛りつけると牡丹盛りになり、菊盛りと牡丹盛りに各々、翅《はね》を開いた蝶を止まらせたのが胡蝶盛りである。

小鶴盛りは鶴が首をもたげて、羽を華麗に開いた美姿で、菊盛りと同じ、尖《とが》ったままの河豚の削ぎ切りで、鶴がなぞられている。

「双《ならび》ものとなると小皿ではとても無理だ」

武藤は中皿を出してきた。

小鶴盛りの鶴が向かい合って、二羽、互いのくちばしを左右に向けて盛りつけてあるのが、双鶴盛りであった。鶴が亀に変わって、甲羅や足の部分を黒皮で被《おお》うと双亀盛りとなる。この双亀は尾が長く、太く、それらはすべて、削ぎ切りの白い身皮であった。黒と白の対比が一幅《いっぷく》の絵のように美しい。

仕上がった六種類の盛りつけを見せられた晋右衛門は、

「この通りだ」

痛む首を曲げて礼を示そうとして、

「いたたたっ」

悲鳴を上げた。

「ご安心いただけましたか?」

季蔵は微笑《ほほえ》んだ。

頷いた晋右衛門は、ほっとした面持ちになった。

「後は毒の始末だけが気になる」

「それもこれからいたします」

二人は朱筆が使われている瓶から、真子とキモを取り出して数えた。

「八個ずつ、間違いはないし、どこも破れていないし毒が染みてもいない」

武藤は大きく頷いて、ほどなく、裏庭に焚き火が燃え上がった。

こうして、河豚尽くし最大の難所が切り抜けられたのである。

五

「それでは晋右衛門さんのお指図に従って、河豚刺し以外の料理を拵えていきましょう」

季蔵は突き出しの白子の酢の物を、武藤は煮凝りを作り始めた。

季蔵が河豚の白子を料理するのは初めてであった。

――鯛や鱈《たら》と同じはずだ――

白子に付いている血の筋を丁寧に取って、酢と砂糖、醤油《しょうゆ》で和《あ》える。味醂《みりん》風味の煎り酒と酢を合わせてもいいように思った。

毒見の役目も担っていることが頭を離れず、箸ですくって一口食べてみた。

鯛や鰆にはない濃厚な旨味が口いっぱいに広がる。

「それにしても、真子が猛毒でこの白子が無毒とは――」

思わず口走ると、

「河豚と言っても種類は多いので、あの透き通るような白身こそどの河豚も無毒だが、中には二、三、白子に毒のあるものもあると聞いた」

武藤は応えた。

季蔵がやや狼狽《うろた》えると、

「河豚の毒はすぐにまわるゆえ、今、何ともなければ大丈夫だ」

安心させるように頷いた。

武藤は晋右衛門が、捌いて毒抜きをした後、皮付きのまま、二つに割って軒下に干してあった、干し河豚を下ろしてきた。

これを一口大に切って、出汁昆布と水で煮て、醬油で味付けをする。

「このまま、土間に置いておけば、固まってぷるぷるした煮凝りができる。味見はその後になる」

――河豚を捌き、身皮を引く時も思ったが、手慣れているし、河豚料理にくわしい――

「季蔵殿が来る前に、晋右衛門殿に作り方を聞いておいたのだ。何でも、これは長州は萩の料理で、またの名を〝すっぽん煮〟というそうだ」

次は河豚の湯引きとかね炊きである。

「これらもすでに晋右衛門殿に教わってある」

「それではお願いします」

季蔵は興味深く、武藤の料理の手順を見守った。

湯引きは三枚に下ろした河豚の上身を、厚めにそぎ切りした後、皮と一緒に湯に潜《くぐ》らせ、水で晒して、紅葉《もみじ》おろしや酢醤油をつけだれにして食べる。

あっさりはしているが、歯応えはあって、鯛の湯引きよりは力強い料理であった。

——たおやかだが実は芯《しん》は強い——

味わった季蔵はふと、これは京で考えられた料理ではないかと思った。

かね炊きの方は、骨付きぶつ切りの身を、つぶしたにんにくと梅干しと一緒に醤油で煮付ける。その味がかね（カニ）に似ていることから、かね炊きと名づけられている。

「ここまでしっかり味がついていると、肴に合うだけではなく、江戸っ子の好む菜ですね」

間違いなく、こっそり食べ継がれてきた市中の料理だと確信したものの、なぜ、蟹《かに》をかねとどこぞの方言で言うのか、不思議に思っていると、

「どちらも長崎の料理だと、晋右衛門殿から聞いている」

河豚の唐揚げは季蔵が香ばしく揚げた。

「実はそれがし、唐揚げなら、河豚でなくとも、どんな魚でも大好物でな」

武藤は揚げ物好きの烏谷と競っても負けないほどの勢いで、河豚の唐揚げを平らげてし

まった。

「次は鍋だ」

河豚刺しにした後、残った骨や端の肉と昆布で取った出汁に、長葱と豆腐等を入れて食べるのが河豚鍋である。

干し松茸は遠慮して入れず、代わりに干ししめじを入れた。

二人は晋右衛門の部屋から下げてきた河豚刺し盛りに箸を伸ばしつつ、七輪の火が熾るのを待って、それぞれの小鍋をかけた。

「酒を飲みますか？」

季蔵はちらっと、積んである酒樽《さかだる》の方を見た。

「河豚刺しに河豚鍋とくれば、酒がなくては始まらぬのだろうが――」

武藤は思案顔である。

「まだ、先がある」

「あれですね」

「あれだ」

「あれらも一緒に肴にしますか？」

「いや、肴にしては酒が不味くなる。先に食べてしまおう」

武藤は片方の小鍋を七輪から下ろして、焼き網をかけ、もう一方はそのままにして、砂糖と醤油の入った出汁を満たした。

そして、腸と書かれた紙の貼られている瓶を俎板の隣りに置いた。

「これは毒ではありませんでしたね」

毒でないのなら、使い途《みち》は何なのだろうと季蔵は思っていた。

「百尋（河豚の腸）に使うのです」

武藤は手早く河豚の腸を裏返すと、水をふんだんに使って、包丁で中身を綺麗に洗い流し、ほぼ腸と同じ太さの長葱を通し、人差し指の半分ほどに切り揃える。

これらを一方は塩を振って網焼きにし、あと一方は甘辛醤油で煮付けていく。

「さあ――」

各々小皿に盛られた。

「それでは――」

季蔵は箸を取った。

――断じて、毒ではないはずなのだから――

緊張感はなかった。

薄く伸びた腸の肉は、白身とは異なる、こりこりした歯応えとこくがあって、うっとりするほど美味いと季蔵は思った。

「もっといかがかな？」

「いや――」

なぜか、頭の芯のあたりが心地よく痺《しび》れている。

――酒のほろ酔い加減に似ている――

「まだ、料理は残っておりますから――」

「鍋と雑炊なら、それがしが引き受ける」

「ええ、でも――」

頭の中に春の野原が見えた。菜の花畠《ばたけ》が遠くにぼーっと霞《かす》んで見える。元気だった娘盛りの瑠璃がにこにこと笑っている。〝季之助《としのすけ》様、ほら、後ろにも土筆《つくし》が――嫁菜《よめな》も〟――聞こえる瑠璃の声はひたすら明るい。なつかしい、なつかしい、全身で抱きしめたくなるような輝かしい思い出の一片――。

――夢を見ていたようだ、あるいは幻を見ていた？――

季蔵はようやく我に返った。

「百尋、河豚の腸にも毒があるようです」

「そのように晋右衛門殿も言っていた。過ぎぬ限り、毒ではなく、人によい夢を見させる良薬だと――」

「武藤さんも試されたらいかがです？」

「いや、結構」

一瞬、武藤の顔が険しく凍《い》てついた。

――この人には、過去によい思い出など無いというのか？――

「それがしは今が一番、幸せだ」

武藤の顔が幾らか和《やわ》らいで、

「河豚真子の糠漬けはそれがしから食べるとしよう」

蔵から出してきてある、真子糠漬けの瓶の蓋《ふた》を取った。

「先ほど捌いた河豚には見当たらなかったが、まれに、真子と白子の両方を持ち合わせている河豚が見つかるのだそうだ。酢で和えてもよし、塩を振ってさっと網で焼いてもよしと、白子の美味さは堪《こた》えられない。だが、猛毒の真子とつながっているものの場合、白子にも毒が染みついていて、到底、食べられない。それで、こうして、糠に漬け、毒抜きをして、食べたのが始まりだという」

武藤はうがった蘊蓄《うんちく》を語って、取り出した濃紫色の真子を、取り替えた焼き網の上でじっくり、こんがりと焼き上げた。

何とも言い表し難い、ふっくらと濃厚な風味が厨全体に立ちこめる。

「それでは極上の河豚の味を――」

武藤は箸を取った。

季蔵は緊張した面持ちで見守り続ける。

百まで数えたが武藤の身には何も起こらない。

「よかった――」

季蔵はふーっと大きく息を吐き出していた。

――考えてみれば、あれほど、毒の始末にうるさい主が、毒の抜けていない真子を客に出そうとするわけはない――

「わたしもいただきます」

季蔵は武藤に倣《なら》った。

得も言われぬねっとり感が、ふわりと口の中で泡雪のように溶ける。素朴な糠の匂いではなく、独特の高貴な風味である。

――毒だったものがこれほど美味いとは――白子の数倍は美味い。これで、元は猛毒だとわかっていなければ、口中の緊張が解けて、さらに美味さが増して感じられるだろうに――

多くの人たちは、これを珍味として愛《め》でるのだろうと季蔵は思った。あるいは、毒をもって毒を制するということわざ通り、これを食べても、命を落とさねば、ツキがあって、運が開けると信じて試みるのだろうか？

六

この後、季蔵と武藤は、鍋と出来上がっていた煮凝りで酒を飲んだ。

「これは真子の糠漬けや百尋に、勝《まさ》るとも劣らぬ珍味だ」

武藤は感心し、

「皮には毒が無いとわかっているので、安心して味わえます。どんな河豚の皮にも白身同様、毒はないのでしょう？」

季蔵が念を押すと、

「そこまではわからぬな」

首をかしげた。

この後は、たっぷりの卵をかけ回し、小口に切った葱を入れたシメの雑炊となり、

「これなら、晋右衛門さんにも食べていただけるでしょう」

季蔵は宴が心配で、ほとんど何も口にしていない晋右衛門にこれを運んだ。

「やり遂げなすったね」

晋右衛門は涙ぐんだ。

「ですから、どうか、これをどうぞ。思い詰めて、腹に何も入れないのは毒ですから」

毒という言葉を口にした後で、あっと思った季蔵だったが、

「大丈夫だ。あんたたちなら任せられるとわかった。明日は大船に乗った気でいるから、よろしく頼む」

晋右衛門は雑炊を掬《すく》う匙《さじ》をとった。

厨に戻ると、

「明日は店の方の仕込みもあるゆえ、季蔵殿は帰られよ。それがしは晋右衛門殿を看《み》ている。手足を痛めては何かと不自由であるゆえ、そばに付き添うつもりだ。病で動けぬ者を看るのは慣れておる。妻には今日は帰れぬと告げてきてある。心配には及ばぬ」

武藤が言い出して、

——この人に任せておけば心配ない——

夜更けて季蔵は萩屋をあとにした。

翌日は早朝からてんてこ舞いの末、昼過ぎに、季蔵は萩屋の勝手口を入った。

襷《たすき》を掛けた武藤が厨に立っている。

「いよいよだな」

「どうか、何事もなく——」

季蔵は神棚に向けて手を合わせた。

怪我《けが》人の部屋へ挨拶に行くと、

「案じてはいません」

言い切ったものの、晋右衛門は緊張のあまり、青ざめているだけではなく、目を瞬《しばたた》き続けていた。

宴の始まる刻限が迫ってくる。

「晋右衛門殿から、これを託された」

武藤は紙を六枚土間に並べた。

菊の間、牡丹の間、胡蝶の間、小鶴の間、双鶴の間、双亀の間と書かれた次に、献立が記してあるのだが、表面が乾いては台無しになる河豚刺し盛りが一番初めで、後の料理の順番は、それぞれ異なっている。

——くれぐれも供す料理を取り違えないようにしなければ——

たとえば、河豚刺し盛りの次に、煮凝りと白子の酢の物と、双鶴の間では書かれていて、双亀の間の方は、真子の糠漬けと百尋が記されている。

「おや、鍋や雑炊はあまり御所望ではないのですね」

鍋と雑炊が記されているのは、菊の間と牡丹の間だけである。

「晋右衛門殿は、河豚刺し盛りの違いによって、お代をいただいていると言っていた。だから、双鶴と双亀が松、胡蝶と小鶴が竹、菊と牡丹が梅だそうだ」

──なるほど、それであれほど、河豚刺し盛りの出来に拘《こだわ》っていたのだな──

「どのような方々がおいでになるのでしょう？」

「はっきりと名までは言わなかったが、双鶴と双亀は、さる大身《たいしん》旗本家の兄弟のようだ。松と竹とは格段に値が違うが、竹と梅となるとさほどでもない。竹と梅の中には、河豚好きの旗本、商人たちに混じって、役人たちが何人かいるとのことだった」

──おそらくお奉行様もおいでになるのだろう──

冬の夕闇がどっしりと下りて、いよいよ暮れ六ツ近くとなった。

武藤はすでに、出迎える裏木戸と勝手口を掃き清めていた。

「出迎えはあなたにお願いします」

季蔵が頼むと、

「それがしに？」

武藤の声が緊張した。

「客人に武家が多ければ、仕官の道が開けるやもしれません」

――ここまで来る河豚好きならば、屋敷でこっそり、安全な河豚を食べることができればと願うのではないか？――

「いや、それがしには、とても、季蔵殿を差し置くことなどできない――」

武藤は固辞した。

出迎えには季蔵が立った。

烏谷は暮れ六ツの鐘が鳴る直前に訪れて、周囲に誰もいないのを見澄ますと、

「包丁は災難に遭った主に代わって、そちたちがふるうとすでに告げてある。挨拶だけして頭を下げておれ」

素早く、季蔵の耳元で囁《ささや》くと、

「これはこれは土屋《つちや》様――」

振り返って、豪勢な仕立ての乗物を降りた相手に走り寄った。

「御書院番頭《ばんがしら》の土屋加賀守《かがのかみ》様の御嫡男、秀茂《ひでしげ》様であられるぞ。双鶴の間へ案内せよ」

――土屋家といえば四千石、関ヶ原から続く、将軍家に聞こえのめでたい名家だ――

季蔵は言われた通りに、

「よくおいでくださいました。感謝申し上げます」

頭を下げて、土屋秀茂を部屋へと案内した。秀茂はふらり、ふらりと、心許《こころもと》ない足取りで廊下を歩いて行く。酒焼けした顔が赤い。目の焦点も定まっていなかった。

――家督を継いでいないのだから、まだ、お若いはずなのに、あの様子とは――。放蕩《ほうとう》な暮らしぶりが祟《たた》っているのだろう――

続いて、武家の駕籠《かご》が二丁着いた。

二人の若者が立った。

一人は鼻が尖り、もう一人は顎がしゃくれている。

二人とも身形《みなり》こそ調ってはいたが、どことなく、目に軽薄な小狡《こずる》さが見え隠れしている。

――幼い頃からおそばに上がっている、重職にある家臣の倅《せがれ》たちだな。自分たちのお役目は嫡男の機嫌取りだけと思い込んでいる、心得違いの者たちのようだ――

「若殿様はおいでか？」

「はい、すでに」

「弟君の敬二郎《けいじろう》様は？」

「まだお着きではございません」

「兄君より先に来て出迎えることもせぬとは、変わらず不遜《ふそん》よな」

二人は顔を見合わせて鼻を鳴らした。

「敬二郎様がお着きになったら、すぐに我らに報《しら》せよ。それでは若殿のところへ案内してもらおうか」

「わかりました」

「主に代わって、菜種《なたね》魚を捌くと聞いているが、心してかかれよ」

目下の者に対しては居丈高で、思い遣《や》りの微塵《みじん》も無いのが、この手の輩《やから》である。

一方、菜種魚とは菜種河豚とも言い、産卵前である、冬場の雌河豚のことであり、この時季、大きくなった卵巣の毒は、常よりも強力さを増す。

この後、大店《おおだな》の主と大名家江戸家老という組み合わせで胡蝶の間が、大店の隠居二人という取り合わせで牡丹の間が埋まった。

——お奉行様はおそらく菊の間だから、あと、小鶴の間と双亀の間か——

季蔵が待ちかねていると、

「いやはや、稽古ですっかり、遅れてしまった。道場帰りなのだ。すまぬ」

凛《りん》とした清々しい面立ちの若侍と、くたびれた袴《はかま》姿のもう一人の若武者が頭を下げた。

——一筋に武芸に打ち込んでいる証のよいお顔だ。おそらくは、小鶴の間に入られるのだろうが、このような仰々《ぎょうぎょう》しい河豚食いにはいささかそぐわない。塩梅屋の床几《しょうぎ》に座ってもらった方が、よほど似合いそうだ。本人たちもその方が気楽なのではないか？——

「ところで秀茂様はおいでであろうな」

もう一人に念を押されて、

「はい」

——この方が弟君様？——

「敬二郎様がお着きになられたと、後ほど双鶴の間に報せてほしい」

「土屋様のご子息様とは知らず、ご無礼いたしました」

季蔵は驚いて深々と頭を下げ、

「双亀の間へご案内申し上げます」

腰を折ったまま二人を招き入れた。

「後はわしが代わりを務めよう」

烏谷が出迎えを代わってくれた。

部屋まで廊下を歩く途中、

「こことは、父上の若い頃からのつきあいなのだと聞いている。臥して長い父に代わって、兄上とそれがしが訪れるようになってから二年経《た》つ。人目を憚《はばか》る膳ではあるが、根が食いしん坊ゆえ、止められぬのだ。よろしく頼む」

敬二郎は気さくに話しかけてきて、

「御期待を裏切らぬよう精進いたします」

振り返った季蔵に向けて目礼し、主と共に剣術に励む、朴訥《ぼくとつ》な印象の家臣の方は微笑みを投げかけてきた。

——対照的な御兄弟、そして、それぞれの御家臣だ——

それぞれの部屋での宴が始まった。

まずはヒレ酒が振る舞われる。

烏谷は乾かしてさっと焼くのがいいと言っていたが、晋右衛門は、焼くと香ばしさが先に立つので、乾かして、そのまま、人肌よりやや熱い酒に浸すのが何よりだと言い切り、

「だが、乾かし方にもコツがある。途中、少しでも湿り気が乗っては、繊細な風味が損なわれる」

この日のために、念入りに乾かしたヒレの詰まった茶筒を渡してくれた。

七

各々に刺し盛りを出し終えると、晋右衛門の部屋から声がかかって、この後すぐ、双亀の間に供す、真子の糠漬けと百尋の毒見に限っては自分がすると言い出した。

「この宴が始まって以来、ずっとそうしてきた」

晋右衛門は、

「おうおう、美味そうに焼けておる」

愛《いと》おしそうに皿の上の真子をながめて、箸を取った。

昨日、口にして大丈夫だとわかってはいるにもかかわらず、季蔵の背筋に緊張が走る。

「ああっ」

感嘆した晋右衛門は、しばし身体の痛みを忘れて、

「年を経るごとにわしの腕も上がる」

満足そうに呟くと、百尋の焼きと煮付けの方は無造作に、ぱくりぱくりと口に入れて、

「これで、ほどよく痺れ、時に夢心地となり、幾らか痛みもよくなる」

と言って目を閉じた。

「安心した」

武藤もほっと息をついた。

「それでは双亀の間にお持ちしましょう」

二人は真子と百尋の膳を運んだ。

「あまりに見事なので箸を付けるのが惜しく、いつまでも見ていたいのだが、平らげてしまった」

敬二郎はやや済まなそうな表情を向け、

「刺し盛りをこれほど綺麗に召し上がっていただければ、料理人冥利《みょうり》に尽きます」

季蔵は頭を垂れた。

「よい匂いだ」

敬二郎は真子の糠漬けが載った皿を見つめて、

「父上は、ここを訪れていた頃、刺し盛りの後は、真子の糠漬けと百尋から食べたと聞いている」

箸を取った。

「珍味の真子は一人分、親指の先ほどの量しか、ここでは振る舞われぬ。他の方々の分を合わせても、雌河豚一尾分の真子で充分足りる。だとすれば、仮に毒抜けが不十分であって、御自分から真っ先に毒に当たって死ぬとしても、他の方々を敬遠させて命拾いさせるのだから、犬死にではない、武士として恥ずかしい死に方ではないという、深い考えを我が殿はお持ちなのだ」

　家臣も敬二郎と同時に箸を手にした。

　こうして双亀の間の主従は、共に笑顔で真子を口に運び、続いて百尋に取りかかった。

　――何も起こらなかった――

　やはりまた、季蔵の背中が緩んだ。

「百尋は身体がほどよく痺れるというが、どうだ、その方?」

　敬二郎に訊かれた家臣は、

「今年こそはと期待していたのですが、素振りのしすぎで痛めた肩は痛いままです」

「わたしもこのところ、夜の勉学が面白すぎて、朝から痛い首が治らない」

「やはり、今年も霊験《れいげん》なしですな」

「互いに罰当《ばちあ》たりを恥じようぞ」

　――好ましい方々だ――

「一山越えたようだ」

　武藤もはあと大きな息を吐き出して、

「次の山は双鶴の間だが――」

　すでに煮凝りは作り置いてあった。

「お役目を果たさねばなりませんね」

　二人は煮凝りと白子の酢の物を毒見したが、変わりはなかった。

「双鶴の間にはわたしが一人で料理を運びます。武藤さんは他のお客様の料理をお願いします」

——双亀の間に二人がかりだったのは、いざという時のためだった。双鶴の間は、煮凝りと白子の酢の物だから、毒の心配は全くない。ただし、どんな因縁《いんねん》をつけられるか知れたものではないが——

「他の客人たちは一様に、河豚の湯引きとかね炊きが次で、煮凝りと白子の酢の物は、唐揚げの後の口直しにと所望しておられる」

武藤は部屋別の献立に目を落として、

「間違いない」

うんと大きく頷いた。

季蔵は一人で、三人分の煮凝りと白子の酢の物が乗った膳を、双鶴の間へと運んだ。

「遅い。待たせすぎだ」

障子を開けたとたん、鼻の尖った家臣の罵声《ばせい》が飛んできた。

「まさか、双亀の間の方へ先に料理を運んだのではあるまいな」

もう一人の顎のしゃくれた若侍は、箸でしきりに刺し盛りの大皿を叩いている。

河豚刺しで形づくられた鶴が、大皿の上で、ばらばらに飛び散っていた。

「刺し盛りの後すぐ、真子の糠漬けと百尋を召し上がるお客様に、先にその料理をお出しすることになっております」

季蔵は毅然《きぜん》と言い切った。

「これは異な事を」

鼻尖りは目を剝いて、

「土屋家では御正室様がお産みになったこの秀茂様が御嫡男である。その御嫡男を差し置いて、よりによって、側室腹の敬二郎様に、先に料理を供すとは言語道断――」

詰め寄ってきた。

刀はすでに玄関で預かっていた。

腰に刀を帯びていれば、抜いて季蔵に突きつけかねない勢いである。

「申しわけございません」

季蔵は畳に手を突き頭を深く垂れた。

その折、ちらと上座の秀茂を見ると、胡座《あぐら》をかいてひたすら、盃を口に運んでいる。顎しゃくりは、せっせとヒレ酒を注《つ》ぎたしていた。

「ヒレ酒はよい味じゃ」

季蔵は初めて秀茂の言葉を聞いた。

「河豚刺しも鶴の姿もさほど好きではないが、ヒレ酒と煮凝り、それに白子は好み――」

「それでは是非、召し上がっていただかねば――」

頭を上げた季蔵が膳を秀茂の前に据えようとすると、

「待て」

鼻尖りの鋭い声が飛んで、

「秀茂様をないがしろにした罪は、まだ消えておらぬぞ。一度下げた頭を勝手に上げたのも気に入らん」

目を怒らせて膳の前に立ちはだかった。

「どのように償《つぐな》えば、お許しいただけますか？」

「敬二郎様が殿を見倣って、河豚刺しの次は、真子と百尋を召し上がるのは結構だが、その旨、殿のお許しは得てはおらぬ。許しを乞う代わりに、もう一度、真子と百尋を召し上がってもらいたい」

「わかりました」

「まだ、充分にはわかってはおらぬぞ」

鼻尖りはにやりと笑った。

——いったい何を言いたいのだ？——

「真子と百尋の料理、敬二郎様のところへ運ぶ前に、我らが吟味いたすゆえ、ここへ運ぶのだ」

言い放った顎しゃくれの横顔は天狗《てんぐ》の面に見えた。

——それはつまり——

季蔵の背筋が凍りついた。

無言でいると、

「わかったな」

念を押した鼻尖りは、ぞっとするような笑い顔になって、

「今宵は秀茂様の吉日じゃ」

と続けた。

「承《うけたまわ》りました」

――今はそう応えておくしかない。すぐにお奉行様まで、この旨を伝えなければ――

「早く、早く煮凝りと白子を」

秀茂が箸を摑《つか》んで催促した。

「さしあげてよろしゅうございますね」

二人が頷いたので、季蔵はやっと膳を置くことができた。

まずは秀茂の前に、そして二人に。

すぐにも摘んで口に入れようとする秀茂だったが、

「しばしお待ちを」

顎しゃくれは一度、秀茂の箸を取り上げて、

「毒見は済んでおろうな」

念を押した。

「もちろんでございます」

「それでは、秀茂様――」

顎しゃくれに箸を持たされた秀茂は、

「やっとやっと――」

無邪気な喜びの声を上げて皿に箸を伸ばした。

ここばかりは、二人も秀茂に倣った。

秀茂と顎しゃくれの二人は、煮凝りの方が先で、固まっている透明な壁を崩して、中の皮ごと口へと運ぶ。

白子の酢の物は鼻尖りの箸に掬われて口中へと消えた。

この間、季蔵は畳に両手を突き、頭を垂れた姿勢に戻って息を殺していた。

――次にはどんな因縁がつけられるのか？――

「いつまでも、そんなところにぐずぐずしておらずともよい。早く、真子と百尋をここへ――」

鼻尖りに命じられた季蔵は、立ち上がって、一番手前にある菊の間へと向かった。

菊盛りと湯引き、かね炊きで、優雅に一人、ヒレ酒を傾けていた烏谷は、話を聞いて、

「やはりそうか」

たいして驚いている様子もなく、

「土屋家に起きているという、跡目を巡っての血で血を洗う争いは、真実《まこと》だったのだな。わしはあの方々とは馴染みがある。秀茂様の部屋を訪ねて、しばし、世間話などしておるゆえ、その間に敬二郎様にお話しして、お帰りいただくのが得策であろう」

と言った。

八

菊の間を出た季蔵が廊下を、敬二郎のいる双亀の間へ急いでいると、

「久しぶりだな」

季蔵は呼び止められた。

「これは蔵之進様」

蔵之進が廊下の壁に寄りかかって立っている。

――最後においでになって、小鶴の間に入られたのは、このお方だったのか――

「北町のお奉行様にお出迎えいただいた上、お奉行様を差し置いて、竹の小鶴の間とは申しわけないのだが、これも、河豚好きだった亡き父伊沢真右衛門《いざわしんえもん》の跡を継いでいるだけのこと――」

――伊沢真右衛門様もお奉行様同様、食い道楽であった――

南町の筆頭与力伊沢真右衛門が、過去の事件にまつわる悔恨を、自害を装って清算し、土に還ったのはこの秋のことであった。

妻子に先立たれた伊沢真右衛門は独り身を通していたので、見込まれていた蔵之進が、元の姓島村を改めて伊沢家を継いだ。ただし、身分はまだ同心のままである。

奉行所へは滅多に出仕せず、始終、ぶらぶらしているように見せてはいるが、実は、縄

張りや割り当てを無視した、神出鬼没な調べを続けていて、時には、御定法《ごじょうほう》の目を逃れた悪人に自ら鉄槌《てっつい》を下している。

蔵之進は常に飄々《ひょうひょう》としていて、意味もなく、にやにや笑いを口元に刻み、折に触れて、切れ長の目を細める。

ただし、こぼれ落ちる光は刃のように鋭かった。

ようは、蔵之進は役人でありながら、季蔵と同じ隠れ者でもあるのだ。

そしてこれは、鬼右衛門《おにえもん》と呼ばれた、上司であり、亡父となった伊沢真右衛門から、厳しく仕込まれたやり方であった。

「小用を足そうと、厠《かわや》へ下りて戻ってきてみると、奥のあの部屋から何やら、人の呻《うめ》き声がしているのだ」

蔵之進は一番奥の双鶴の間を指さした。

「何ぞ、あったのではないか」

——毒の心配はないはずなのだが——

季蔵は耳を澄ませた。

「あ、あ、あ」

「う、う、ううっ」

「うぐぐぐっ」

たしかに苦悶《くもん》の呻き声が重なり合って聞こえる。

がちゃ、がちゃ、がちゃん、がちゃんと皿が割れ、ばたん、ばたん、ばたんと大きな音が続いた。

季蔵は双鶴の間へと走った。

障子を開けると、中は阿鼻叫喚《あびきようかん》の地獄絵図である。

皿小鉢が散乱し、膳がひっくり返っている畳の上で、三人の侍が倒れていた。

秀茂と顎しゃくれの二人は、仰向《あおむ》けで、すでに息絶えていた。

かっと目が見開かれていて、意外に、雄々《おお》しい死に顔の秀茂に比べて、吐瀉物《としやぶつ》で窒息《ちつそく》した様子の顎しゃくれは、赤子のように目に涙を浮かべていただけではなく、袴の裾《すそ》を汚していた。

どちらの膳も煮凝りと白子の酢の物を盛りつけた小鉢が、すべて空になっている。

鼻尖りはまだ、僅《わず》かに息があり、

「い、息が、く、苦しい。た、助けて」

これが最期の言葉となった。

二つの小鉢のうち、煮凝りの方だけが一口分ほど残っている。

「当たったのは河豚毒に間違いない」

蔵之進が入ってきていた。

「そんなはずは――」

季蔵の言葉を受けて、

「ない？」

蔵之進は目を細めた。

「毒見を厳重にいたしました。それと、煮凝りの河豚皮も、酢の物の白子にも、毒は含まれていないはずです。もちろん、河豚も用心して捌きました。内臓から毒が漏れたなどということは、断じてございません」

「そうだろうと思う」

「ならばなぜ、このような——」

季蔵は蔵之進の茶化すような物言いに、いささか苛立ちを覚えた。

「理由は他にもあろう」

蔵之進は死んでいる鼻尖りの片袖《そで》の前に屈《かが》み込んだ。

「おや、こんなものがあった」

蔵之進は、死者の片袖から滑り落ちていた、三角の赤い薬包を取り上げた。

——それはもしかして、わたしに真子や百尋をここへ運ばせることと、関わりがあったのでは？——

「大事が起きたようだ」

烏谷が顔を覗《のぞ》かせた。

「これがここにございました」

蔵之進は赤い薬包を差し出した。

「はて、何かの？」

薬包を開けた烏谷は、白い粉を一舐《な》めしてぺっと吐き出して、

「石見《いわみ》銀山鼠捕《ねずみと》りではないか」

「いったい、何に使うつもりだったのでしょう？」

蔵之進の細めた目が光った。

「そうだのう――」

語尾を引きつつ、烏谷は薬包の中身を、鼻尖りが残した小鉢の煮凝りに残さずふりかけた。

「秀茂様はこのところ、酒毒が祟って、お体の不調を訴え、気鬱《きうつ》気味だったと伺っている。幼い頃からおそばに仕えていた二人の家臣は、忠臣らしく、主を慕って、お供したのだろう」

――そんなことがあろうはずもない――

「しかし、今際《いまわ》の際《きわ》のお一人は助けを呼んでおられました」

季蔵の言葉を、烏谷は聞こえぬふりをして、

「河豚毒のせいに見せかけようとしたのは、病に臥せっているお父上を悲しませまいとする、子としての思い遣りに違いない」

と言い切り、

「なるほど」

蔵之進はうっすらと笑って頷いた。

「それゆえ、ここの河豚料理には何ら不手際はない。このまま、河豚尽くしを続けよ」

さらに烏谷は言い放った。

――晋右衛門さんの商いが駄目にならなくてよかった――

「念のため、煮凝りと白子の酢の物を献立から外しましょうか？」

季蔵が尋ねると、

「厳重に毒見をすれば済むことだ。せっかくの河豚料理だ。いいか、真子や百尋も外してはならぬぞ。わしは堪能《たんのう》したい」

「そうですね。わたしも煮凝りや白子の出てこない河豚尽くしはつまりません」

烏谷と蔵之進は頷き合った。

「骸《むくろ》は後で土屋の屋敷へ使いをやって、引き取りに来させる。宴が終わるまで、このことは秘して通すのだ。誰にも話してはならぬぞ」

「わかりました」

――晋右衛門さんばかりではなく、武藤さんにもこのことは知らせられない――

「双鶴の間に供させていただくつもりだった料理は、お奉行様と蔵之進様のところへ分けて、わたし一人が運びます」

「そうしてくれ」

「時にこういう棚ぼたもあるのですね」

こうして、宴が終わるまで、惨事は隠し通された。

双亀の間の敬二郎と従臣の若侍も、美味い、美味いを連発しながら、河豚尽くしを堪能して萩屋を出て行った。

その後ろ姿を見送りながら、

――屋敷へ帰り着いて、真っ先に耳にするのは、兄やその従臣たちの訃報のはずだ――

季蔵は複雑な気持ちであった。

ほどなく、土屋家からの駕籠が三人の骸を引き取りに来て、

「さて、わしも帰るとするか」

烏谷は帰って行った。

この後、季蔵は晋右衛門と武藤に、双鶴の間で起きたことを話した。

当初、晋右衛門は動転して、真っ青になったが、客人は誰一人、気づかなかったとわかると、

「よかったぁ、これで心安らかに年が越せる。お奉行様、仏様」

両手を合わせようとして、いててと悲鳴を上げ泣き笑いになった。

「知らぬこととは言いながら、季蔵殿にばかり心労を背負わせてしまい申しわけない」

武藤は、しょんぼりとうなだれた。

「とんでもない、わたしこそ、秘していてすみません。どうか、水くさいなぞと思わないでください。それと、昨夜はあなたにお願いしてしまいましたが、今夜はわたしが後片付

けと晋右衛門さんのお世話をします。どうか、邦恵さんとお子さんの待つ家へお帰りください」

季蔵は武藤の背中を押すようにして、勝手口から押し出した。

晋右衛門の様子を見に行くと、安心した表情でぐっすりと眠り込んでいる。

厨に戻った季蔵は皿小鉢を洗い、膳を拭《ふ》き清めた後、各部屋の掃除をしてしまおうと思い立った。

納戸に箒《ほうき》や叩《はた》き、手桶等を取りに行こうと、廊下に出たところで、

「掃除なら、もう終えたぞ」

双鶴の間の障子が開いて、手桶と雑巾《ぞうきん》を手にした蔵之進が出てきた。

「最後のここはちと手強《てごわ》かったが、子どもの時に仕込まれたゆえ、掃除は得意なのだ。褒《ほう》美《び》に茶など振る舞ってはもらえぬか」

「茶でよろしいのですか？」

「今日は一段と冷えるゆえ、できれば酒がよい。ヒレ酒ではない、冷やが飲みたい。厨でよいぞ。せっかく、清めた部屋を汚しては勿体《もったい》ない」

「承知いたしました」

こうして、季蔵は蔵之進と厨で立ったまま、冷や酒を酌み交わすことになった。

「今日のこの流れ、おまえさんは得心がいかぬのではないか？」

蔵之進が切り出した。

九

「亡くなられた土屋家の秀茂様、御家臣の方々は、石見銀山鼠捕りの毒による自害では、武家の嫡男の面汚《つらよご》しとなるので、家中《かちゅう》では、お父上の河豚食いを見倣って命を落としたということになって、表向きは病死と届けられましょう。やっと、すやすやと眠りにつくことができた、萩屋の主もこれで救われ、お奉行様の御処置は間違ってはおりません。ただし、わたしには、あの方々が御自分たちで隠し持っていた毒で、あのような酷たらしい死に方をなさったとは到底思えないのです」

「おまえさんは一部始終を見ていたのだったな」

「はい。石見銀山鼠捕りが料理に混ぜられたのは、あなた様が薬包を見つけられ、お奉行様が残っていた煮凝りに振りかけられた、あの一度きりでございました。もとより、料理はわたくしどもが厨で行いますので、毒の混ぜられようがありません」

「命を落としかねない河豚食いは、この世にあってはならぬもの」

「たしか、双鶴の間に入ってきた時、あなた様は、〝当たったのは河豚毒に間違いない〟とおっしゃいましたね」

季蔵は相手の顔を見据えた。

「言った」

「他のお客様方に供した、煮凝り、白子の酢の物は美味《おい》しく召し上がっていただけました」

「毒抜きしないと猛毒だという真子の糠漬けや、酒を過ごした時のようなよい気分になる百尋でも無事だった」

「解《げ》せません。もともと、河豚の皮や白子に毒は含まれないはずです」

「少なくとも、俺たちが食べた河豚の皮や白子はそのはずだ」

蔵之進はふふっと口元だけで笑った。

「わたしが双鶴の間に運んだ煮凝りと白子は、別物だったとおっしゃるんですか？」

季蔵は眉を上げて詰問調になった。

「以前、ここの主に河豚の種類を聞いたことがある。河豚はさまざまな種類があって、刺し盛りや唐揚げ等にする白身に限っては、どんな河豚も毒を持たぬが、皮や白子となると、強弱の毒を持ち合わせているものもあるのだとか――。危ないのは、真子や肝の類だけと決めつけてしまうことができぬのが、河豚毒の厄介なところなのだろう。これを踏まえて、萩屋の河豚尽くしには、どことどこに毒がある、そこにしかないと、はっきり知っている、一種類の河豚しか使わぬのだと主は話していた」

「双鶴の間の煮凝りの皮と白子は、もともと毒のある河豚でつくられていたというのですね」

季蔵は声が震え、顔色も青ざめている。

――昨日、料理した河豚には、どれにも、ひれ近くに大きな黒紋があった。同じもののはずだ――

「煮凝りを食べ尽くした土屋家の嫡男と家臣の一人は、早々に命を落とした。白子の方から食べたもう一人は遅れて死んだ。この河豚毒は皮に多く、白子にはやや少なめに含まれていたのだろう」

そこまで話した蔵之進は、

「一度醒《さ》めた酒がほどよく回ってきて、これで風邪を引かずに帰れるぞ」

〝河豚食わぬ奴には見せな不二（富士）の山〟などと、一茶《いっさ》の句を鼻歌まじりに吟じながら、ふわふわと笑って、線になるまで目を細めつつ、勝手口から出て行った。

――双鶴の間に限って、煮凝りと白子の酢の物が毒入りにすり替えられていたのだとしたら、もとの料理が後で始末するつもりで残してあるのではないか？――どこかにその証が残っているはず――

季蔵はまずは厨、次には納戸、蔵とくまなく探した。

ありとあらゆる瓶や蓋付きの器の類を調べただけではなく、積み重ねられている長持ちの中をも当たってみたが、手掛かりは摑めなかった。

季蔵は提灯を手に裏庭に出た。

――河豚とその毒をよく知る者でなければ、この芸当はできない。ならば――

焚き火に向けて提灯を照らす。

――一緒に焼いたのか？――

近づいて確かめようとして、何歩か歩いて、何か、柔らかいものに躓《つまず》き、提灯を寄せて足元を見た。

――こんなことが――

猫が死んでいた。

口から河豚の黒い皮がはみ出ている。

足跡を辿《たど》ると、猫が掘り起こした穴に行き着いた。

煮凝りと白子の酢の物が重なり合って捨てられていた。

念のため、焚き火の跡も見た。

早朝に小雪がちらついたせいだろう。

生焼けの河豚の頭が残っていた。

頭に貼りついている両目はぎょろりと大きく、

――昨日、武藤さんと二人で始末した河豚とは違う種類だ。どこからか、持ち込まれたのだ――

季蔵は確信した。

何日かして塩梅屋を訪れた烏谷は、

「あの骸たちはそれぞれ病死と届けられ、土屋家は次男の敬二郎様が継がれることとなった」

と告げた。

「病の床のお父君は、秀茂様に先立たれて、さぞかし力を落としておいでのことでしょう」

季蔵は世の親の心情を口にした。

「まあ、そうだが、あの秀茂様の放蕩ぶりには、御前様も長らく心を痛めておられた。敬二郎様に人望が集まるのを、秀茂様一派が僻《ひが》んで、あれこれ、謀《はかりごと》を仕掛けていたのだ」

――たしかに、あの薬包も敬二郎様を毒死させるためのものだった――

「御前が病に臥したのは、心労が祟ったせいだという者さえおる。その点、敬二郎様はどこから見ても、立派な土屋家の跡取りでいらっしゃる。雨降って地固まるとはまさにこのことだ。正直、これで土屋家は安泰《あんたい》と、御前は今、やっと、ほっとしておられるのではないかと思う」

烏谷はさらりと言ってのけた。

――今、やっと、ほっとしておられる？　土屋家の殿様は何もかも、ご存じのような物言いではないか？　もしや、これは――

「お奉行様は、時に、旗本家の跡目争いに関わることがおありなのですか？」

「武家屋敷にさえ町方は入ることが叶わぬのに、なにゆえ、わしが関わるのだ？」

言い切った烏谷はからからと笑った。

萩屋で使うことのない河豚の毒で、三人もの人が命を落とした一件は、季蔵の心の中に、澱《おり》のように重く積もっていった。

——いったい、誰が？——

どうしても、その疑問を捨て去ることができない。

——お奉行様は腹の知れぬお方だ。わたしの他に、別のお役目を担う隠れ者がいたとしてもおかしくはない。秀茂一派が敬二郎を毒死させるのを、阻止しようとして謀《はか》ったのかもしれない。武家は御家を守ることには非情だ。お奉行様に頼んだのが、嫡男を見限った父親だとしても、あり得ないことではない——

とはいえ、それなら、なぜ、自分まで、その場に居合わせるようにしたのかの答えに詰まる。

——わたしがあれこれ、勘ぐる癖のあることをご存じのはずだ。そうなると、そもそも萩屋に毎年顔を出していた烏谷は、陰ながら、土屋家の跡目争いを耳にして、気にかけていただけで、事件には遭遇しただけだったということになる。ならば、伊沢蔵之進様。あの方は河豚の種類によって、毒のある場所が異なるのをご存じだった。あの時のこともある——

南町奉行屋敷の厠で、季蔵に先んじて、巨悪を成敗した蔵之進の手際の良さが思い出される。

——だが、料理人でもないあのお方に、河豚の頭をあれほど見事に落とせるだろうか
——

焚き火の中から拾い上げた生焼けの頭からは、さっぱりとカクシギモが除かれていた。

――となると、料理人か、その心得のある者の仕業ということになる。晋右衛門さんは本当に手足を痛めていたのだろうか？　お奉行様を頼るぐらいだから、本当だとは思うが、しかし、お奉行様の企みということもある。あるいは――

最もしたくない想像が脳裏に浮かんだ。

――武藤さんなら――

武藤は宴の前日、身動きが辛《つら》い晋右衛門の世話をするという名目で、萩屋に泊まり込んでいた。

――武藤さんには、時が有り余るほどあった。まずは、皮や白子にも毒のある別種の河豚を捌いて、皮付きのまま開く。そして、竈で空炊きして下ろした平鍋二つを交互に使って、開いた河豚を乾かせば、難なく、毒干し河豚に仕上げることができて、煮凝りを作ることができる。それを毒白子ともども、双鶴の間の嫡男と家臣殺しに使った？　しかし、そんなことを何であの人がしなければならないのだ？――

考えられる答えは一つだった。

――あの武藤さんも隠れ者なのか？　隠れ者なら明日をもしれないというのに――

母になってもまだ頼りなげな武藤の妻と、無邪気に可愛い赤子の顔が頭から離れず、季蔵はたまらない気持ちになった。

第三話　漬物長者

一

武藤《むとう》には格別の友愛を寄せていただけに、年が改まっても、季蔵《としぞう》の心は晴れなかった。

武藤は新年の挨拶《あいさつ》代わりにと、これほど美味《うま》い塩辛はない、と食通の烏谷《からすだに》を唸《うな》らせた烏賊《いか》の塩辛を、大きな瓶《かめ》に入れて届けてきた。

「わあ、よかった」

おき玖《く》は歓声を上げ、

「そろそろ、前にいただいてたのが無くなりかけてたとこだったのよ。これだけあれば夏まで持つわね」

いそいそと瓶を奥に持っていった。

「おいら、こいつでどれだけ飯が食えるだろ？」

何ヶ月も寝かせて造り上げる、曰《いわ》く言い難い深い味わいの武藤の塩辛で、三吉《さんきち》は何杯も飯をかき込み、おき玖は茶漬けにするのを好んでいた。

「季蔵さんはちょい、あれよね」

これまで、滅多に季蔵は酒を飲まなかった。

ところが、この塩辛が酒を呼ぶのか、暖簾《のれん》を仕舞い、掛行灯《かけあんどん》の灯をおとし、三吉を帰すと、湯呑《ゆの》みに一杯のぬるめの酒を、この塩辛を肴《さかな》に楽しむのが日課になってきている。

武藤に感じていた温かさに癒《いや》されていたのである。

――しかし、これからは――

何も知らないおき玖と三吉は、

「沢山あるといいよね。塩辛も飯も心置きなく食べられるもん」

「烏賊塩辛の箸休《はしやす》め、お客さんたちに大人気なんだもの、あたしたちの摘《つま》み食いはほどほどにしないと――」

無邪気にはしゃいでいたが、十日ほど過ぎて、

「あら？　このところ、少しもお酒が減ってないわ」

「正月に飲み過ぎたので、少し、控えることにしました」

まさか、塩辛に気が進まないとは口にできなかった。

――どんなにあの塩辛が美味かろうが、武藤さんはあれでも人を殺《あや》めているのかもしれない。味の濃い塩辛ならば、毒とわからずに食べさせるのはたやすい――

季蔵もかつて、手ずから打った蕎麦《そば》を供して、人一人の命を奪ったことがあった。

そして二度と蕎麦は打つまいと決意した。

――お奉行様に命じられたお役目で、相手は相当の悪《わる》だった。萩屋《はぎや》で殺された三人は、よい星の下《もと》に生まれたことで、ふんぞりかえってこそいたが、殺されるほどの悪行を、重ねてきているようには見えなかった。どんな相手でも、奪った命は決して戻らない――

季蔵は自分以上に、武藤は苦しんでいるのではないかと思った。

酒と塩辛を遠ざけた季蔵は、賄《まかな》いに小松菜の芥子《からし》和《あ》えをつくる日が増えた。

今時分が旬の小松菜を茹《ゆ》でて、水気を切って小指の先ほどに揃《そろ》え、出汁《だし》、梅風味の煎《い》り酒に浸して搾っておく。

そこに練った芥子を加え混ぜ、針生姜《しょうが》、酒、砂糖、醤油《しょうゆ》で下煮した浅蜊《あさり》の剝《む》き身と合わせると、菜にも肴にもなる、安くて美味い小松菜の芥子和えが出来上がる。

塩梅屋《あんばいや》では、師走《しわす》昼餉《ひるげ》を引きずって、新年になっても、何か食べさせてくれと訪れる客もいる。

美味いものはないかと覗《のぞ》いてみるだけの冷やかしの客は断ることができるが、

「腹、空《す》いて、空いて」

「外は寒いしよお」

「道を歩いてたら、ふらーっと眩暈《めまい》がしてなあ――」

「昨日の夜から水しか飲んでねえ」

昼餉を食べる金に窮して、頼ってきた者たちには、とても、帰れとは言えなかった。

季蔵も主家を出奔《しゅっぽん》した後、すぐに路銀を使い果たし、屋台の饅頭《まんじゅう》に手を出して、番屋に突き出されかけたところを、先代長次郎《ちょうじろう》に助けられた身であった。

正月を過ぎて、小鉢一杯の小松菜の芥子和え、大きな塩むすび一個が、塩梅屋の非常賄いに定着していた。

見かねた相手に限って銭を取らずに渡すのである。

季蔵は何より、店を出ていく人たちの笑顔がうれしかった。

おき玖も同じ想《おも》いらしく、

「何とかこれを続けられないものかしら？」

「浅蜊を買わなければならない、小松菜の芥子和えの代わりに漬物を使えば、何とかなるかもしれません」

「漬物ねえ――」

おき玖は気むずかしい顔になった。

「おとっつぁん、漬物はつくらなかったわ。〝塩梅屋《うち》は一膳飯屋だぜ。家中臭《にお》って、糠味噌《ぬかみそ》の匂《にお》いのする女房みてえに、色気がなさすぎる。酒が不味《まず》くなるよ〟っていうのが理由。その都度、漬物屋に頼んで届けてもらってた」

それは今も変わらなかった。

ただし、長次郎とつきあいのあった漬物屋ではなく、漬物茶屋も兼ねたみよしである。

浅草今戸町慶養寺入口にあるみよしは、舟に乗せた縁で、出奔した当時の季蔵を知っている、船頭豪助《ごうすけ》の女房おしんが切り回していた。

船頭にしておくのが勿体《もったい》ないほど美丈夫《びじょうふ》の豪助は、あろうことか世辞にも器量好《よ》しとはいえない、しっかり者なのが取り柄のおしんと子をなして所帯を持った。

今では完全に豪助が尻に敷かれている様子である。一粒種の善太《ぜんた》がかすがいになって、母親に捨てられた辛《つら》い過去を持つ豪助も、やっと、人生初の安定した幸せを手に入れたかのようだった。

「おしんさんのところの漬物は美味しいけれど――」

値はそう安くはないのである。

「一つ、試してみましょう」

自分のところでつくれば只《ただ》である。

「でも、今は茄子《なす》も胡瓜《きゅうり》もないのよ」

「たしかに――」

どうしたものかと、季蔵が思い悩んでいると、

「こんにちは、お邪魔します」

戸口でおしんの声がした。

「あら、噂《うわさ》をすればよ」

おしんが入ってくると、ぷんと漬物の匂いがした。

「雪菜のふすべ漬けが切れたころかと思ってお持ちしました」

雪菜は米沢藩近隣で作られている青菜の一種である。

雪の下で育つ冬野菜で、霜月から師走にかけて根ごと収穫し、葱《ねぎ》のように束ねて埋め、土と藁《わら》で囲いつつ、ゆっくりと伸びるトウ（花茎）を食用とする。

「今時分は青物が少ないせいで、もう、これが大人気なんです。皆さん、お茶と一緒に、〝ほら、あれ、雪の漬物〟なんて言って注文してくれるんです。季蔵さんが、新石町《しんこくちょう》の良効堂《りょうこうどう》の御主人と、引き合わせてくれたおかげです。感謝してます」

おしんは深く頭を垂れた。

塩梅屋が先代の頃から縁を続けている良効堂には、広大な薬草園が隣接していて、医食同源の考え方によって、江戸に自生していない京野菜ばかりではなく、無花果《いちじく》や桃、山ブドウ等までも栽培されている。

雪菜もその一種で、土と藁で床寄せしたところ、茂《も》りすぎて使い途《みち》に困っていると、主佐右衛門《さえもん》から相談を受けた季蔵が、何気なく、おしんに洩らしたところ、

「雪菜？　ですよね。ゆきな――間違いありませんよね？」

ぱっと顔を輝かせたおしんは何度も念押しして、

「それ、冬しか味わえない、美味しい漬物になるんです。今のところ、野《の》もと屋《や》でしか売られていない、珍しい漬物です。余って困っておられるのなら、是非、うちでも、漬けてみたいんであたしにください」

雪菜を貰《もら》い受けることになったのである。

「この雪菜に限っては、もちろん、こちらからお代はいただきません。良効堂さんにもお

礼代わりにお届けします」

　そして、商売熱心だが、真面目《まじめ》で律儀なおしんは、雪菜のふすべ漬けを届けてきてくれている。

「この漬物、ぴりっと辛味があるのが何とも乙《おつ》な味なのよね」

　おき玖は雪菜漬けの包みを開いて、小皿に盛りつけ、箸で摘んで口に運んだ。

「辛味は雪菜の持ち味ですか？」

　季蔵は以前から気にかかっていた。生の雪菜を食べたことが無かったからである。

「生の葉は癖のない味なんですけど、湯通しを繰り返すと、ぴり辛になるんですよ。ふすべっていうのは、湯通しっていう意味なんですって」

「どこで漬け方を習ったのですか？」

「ふすべ漬けにした雪菜が、これほど美味《おい》しいものだって知ってたのは、野もと屋でもとめたことがあるからです。秘伝なのが普通なのに、事情を話したところ、今戸から来てくれたなんて嬉《うれ》しい。疲れたでしょうと言って、気前よく教えてくれました」

「野もと屋さんでは、雪菜の漬物を拵《こしら》えているのですね」

「大根なんかは、作付けの時、土地の人と約束しておいて、干し上がったものを店に運ばせて、べったらや沢庵《たくあん》等にしていますが、地域限定のものは、漬け込んだ樽《たる》ごと大急ぎで運ばせるのだそうです。それで、野もと屋の旦那さんは、代々、大根一つにしても、作付けや干し上がり、漬かり具合を見に行くんで、始終、旅に出てるんだとか――。そのおかげで、野もと屋の漬物は、種類が多くて、味もいろいろ、飽きずに楽しんで貰えるんですよ」

「誰もが一年中、美味しい漬物を食べたいと思っていますから」

「野もと屋は大繁盛です。旦那さんが選《え》りすぐって買い付けてきた干し大根や樽ごとの漬物を、大がかりに漬け込んだり、食べ頃になるまで、蔵で寝かせておくのが、お内儀《かみ》さんの仕事です。野もと屋が世間で漬物長者って言われてるのも、お内儀さんの内助の功あってのことなんですよ」

「諸国を旅していないのに、漬け方がわかっているのは？」

「漬物屋の娘に生まれたお内儀さんは、旦那さん同様、旅ばかりしていた、おとっつぁんに聞いて、厳しく仕込まれたんだとか——。〝漬け方がわからずに、漬物育てはできねえだろう〟って。それで、蔵にある漬物なら、どれも、およその漬け方がわかるのだそうです。短すぎても、長すぎても辛味が出ない、雪菜のふすべ漬けの湯通しについて、親切に教えてくれたこのお内儀さんに、あたし、とっても感謝してます」

　そこで一瞬、おしんは言葉を止めた。

　その顔は思い詰めている。

「ところで、あのう、あのね。このまえ、といっても今年に入ってのことなんですけど、お内儀さんから、とってもおかしな話を聞いたんです。正月にいなかった旦那さんのこと。野もと屋じゃ、主《あるじ》不在の正月は、そう、珍しいことじゃないらしいんですけど、いつもは、松の取れる前までには帰ってきて、遅ればせの挨拶廻《まわ》りをするんだそうで――。一人で漬物の漬かり具合を見極めて、店の繁盛に一役も二役もかってるっていうのに、今まで、跡取り娘のお内儀さんは、疲れた顔一つ見せませんでした。ところが、あの時は、げっそり窶《やつ》れてて、あたしは心配でならないんです。お願いです。お内儀さんの悩みを聞いてあげて欲しいんです」

おしんの目がすがりついてきた。

二

「わかりました。その代わり、雪菜のふすべ漬けの漬け方を教えてくださると有り難いです。実は――」

季蔵は安くて味のいい漬物を作りたいのだと話した。

「良効堂さんから、今年は雪菜がよく茂り、おしんさんのところへさしあげても、まだ余るほどだと聞いているので」

「ありがとうございます」

おしんはぱっと肉厚の顔を輝かせて、

「雪菜のふすべ漬けを教えるんでいいんなら、お安いご用です。早速、明日にでも、良効堂さんにお願いして、雪菜をいただきに上がり、こちらへ立ち寄ってお漬けしましょうか？」

「雪菜のふすべ漬けよりも、野もと屋のお内儀さんの話の方を先にしましょう」

「そうしてくださると何よりです。すみません、ありがとうございます。お内儀さんからあたしが聞いた、とてもおかしな話、くわしく今、ここで話しましょうか？」

「それは直接、お内儀さんから聞くことにしましょう」

——おかしな話であればあるほど、人の口を経ると事実から離れてしまいやすい——

「それでは、野もと屋へはあたしも御一緒します」

おしんは何度も頭を下げて帰って行った。

「野もと屋さんの旦那さんねえ——」

おしんを見送ったおき玖がため息を一つ洩らした。

「どんな方です？」

「名前は宗之助《そうのすけ》さん。始終、仕事で飛び回ってて、ろくに店にいないから、噂にはなったんだけど、どうってことのない様子の人らしいわよ。小柄だけど痩《や》せっぽちじゃあなくて、とりたてて太ってもいない。鰓《えら》の張った四角い顔で、団子っ鼻に金壺眼《かなつぼまなこ》——」

「それ、松次《まつじ》親分そっくりだよ」

居合わせた三吉がぷっと吹き出した。

「江戸八百八町、どこにでもいるようなご面相だそうよ。たぶん、野もと屋のお内儀さんは、旦那さんの深刻な女関係を心配してるんだろうけど、多少の遊びはしてても、〝女房妬《や》くほど亭主もてもせず〟ってとこじゃないかな？」

「しかし、店を離れることの多いご亭主には慣れているはずなのに、今回、おしんさんが案じるほど、お内儀さんが窶れ果ててしまったのは、よほどのことが起きているということです」

季蔵は言い切ったが、それが何であるかの見当はまるでつかなかった。

野もと屋は神田川を渡った小石川金杉水道町にある。

ここは水戸様の上屋敷西側で伝通院に続く坂道の始まりである。

店は構えが広いだけではなく奥も深い、堂々たる店構えの老舗《しにせ》であった。

用向きは、前もって、おしんが文で伝えてあるとのことだった。

おしんが店番の一人に名を告げると、

「それでは少々、お待ちください」

若い手代《てだい》は一度、奥へと入り、次に出てきた時は、年齢《とし》の頃は三十五、六歳、町人髷《まげ》の似合う、男前の証《あかし》である、通った鼻筋と切れ長の目の持ち主を伴っていた。

「大番頭の峰吉《みねきち》と申します。こちらへは親子で奉公しておりました。大番頭だった父が半年前に亡くなり、番頭だったてまえが、今は父の分もご奉公させていただいております」

二人は客間へと案内された。

「あいにく、お内儀さんはお加減が悪くて、お話ができません。代わって、てまえがお話をさせていただきます」

峰吉に告げられたおしんは、

「お内儀さん、そんなに悪くなってしまったんですね」

いつになく取り乱して、泣きそうな顔になったが、

「いや、不調は風邪によるものです。ただし、熱があるので、お医者から安静にしているようにと言われています。話が終わったら、どうか、見舞ってさしあげてください」

峰吉に微笑《ほほえ》みかけられて、

「ああ、よかった」

ほっと息をついた。

「早速ですが、おしんさんがお内儀さんから聞いたという、とてもおかしな話について聞かせてください」

「はい」

全身岩のように固くなって、季蔵の問いを待ち受けている峰吉のその様子に、生真面目で律儀な人柄が感じられる。

「ところで、こちらの宗之助さんはなぜ、正月、この江戸においでにならないことがあるのですか？」

季蔵は峰吉の緊張をほぐしにかかった。

「てまえの知る限り、先代の旦那様も滅多に、正月を江戸でお迎えになることはございませんでした。理由はすんき、いや、すぐき漬けに立ち会うためです」

酢茎菜はすぐきかぶらとも言い、カブの一種である。

賀茂《かも》川の川原に生えていた菜や、上賀茂神社の庭、または京都御所に生えていた菜がすぐきで、これを漬けたのがすぐき漬けであるという言い伝えもある。

「宗之助さんは京にいらしているのですね」

すぐきは夏の終わりに種が播《ま》かれ、漬け込みは師走から、弥生《やよい》の末頃までに終了する。収穫してから約一ヶ月程度の期間で乳酸発酵したあめ色のすぐきが完成する。すぐきは冬場、息が見える頃が最も美味しいとされていた。

「いえ、木曽《きそ》の山里です。ここでも、すぐきが採れて、時候熟《じこうな》れで漬物が作られています」

時候熟れとは収穫して本漬けしたすぐきを、家の軒下に置き、自然の気温で発酵させる技法で、木曽は寒いので、京のように塩を用いる必要はなく、調味なしの漬物に仕上がる。自然の酸味としゃきしゃきした歯応えが、曰く言い難い旨味を感じさせてくれる。

そして、木曽で作られるすぐき漬けはすんき漬けと呼ばれていた。

「おおっぴらには、京の漬物を召し上がりにくいお武家様方にも、木曽のすんきなら、すんき、すんきと呼んでいただき、大変な人気です。すんきは野もと屋の看板漬物です。それで旦那様は例年、年始めには、木曽の皆さんと共に酒など酌み交わして新年を祝った後、縁起を担いで、すんきの初漬けをお願いして、それに立ち会われるのです」

「となると、正月に江戸にいないことは、普通のことですね」

——それがどうして、突拍子もなくおかしなことにつながって、元気だったお内儀が臥《ふ》せることになったのか――

季蔵は心の中で首をかしげた。

「おいでにならないことが普通なのに、おいでになったとなれば、もう、これは普通ではありません」

口元を引き締めた峰吉は、表情をさらに緊張させた。

「宗之助さんが市中にいたと、なぜ、わかったのです？」

「これでございます」

峰吉は男物の長財布を出してきて見せた。辰《たつ》の形の根付けが縫い付けられている。

「中を見せていただいてもよろしいですか」

季蔵は財布の中を改めた。

小判を始め、一分金、二朱銀、一朱金、波銭、という多種の路銀が入っていて、そこそこの重みである。

「他にはこれも入っておりました」

峰吉が差し出したのは折りたたんだ紙で、それには、〝二本榎《にほんえのき》の大桜〟と書かれている。

「この財布がここにある経緯《いきさつ》は？」

季蔵は先を促した。

「届けてきたのは、正月に人出の多い巣鴨《すがも》の真性寺近くの茶店の主です。新年は押すな押すなの繁盛なので、臨時で不慣れな近所の娘を雇い入れていました。その娘が、客の一人に、年が明けてはじめて井戸で汲《く》む、若水で点《た》てた茶を振る舞おうとしたところ、足の上に落として、軽い火傷《やけど》を負わせてしまったそうです。その際、客は怒鳴るでもなし、笑って立ち去ったそうです。この時に財布を落として行ったのです」

「茶店の主はなぜ、野もと屋の御主人だとわかったのです？」

「主は、とんでもない粗相を笑って許してくれたのだから、何とか、これだけは返したい、誰かさっきの人を知っていないかと、他の客たちに呼びかけたそうです。すると、袖《そで》すり合うも多生《たしょう》の縁とやらで、新宿の旅籠《はたご》で酒を酌み交わしたことのある、野もと屋宗之助に似ていると言い出す人がいて、無事、財布がここまで届いたというわけです」

「大きな横縞《よこじま》の長財布はそう珍しいものではありませんよ。宗之助さんの持ち物に間違いはないのでしょうね」

季蔵は念を押した。

「この辰の根付けは象牙《ぞうげ》でできています。目を凝らしてみると、作り手の銘も入っているのが見えます。これはお内儀さんが、何年か前、辰が干支《えと》の旦那様のためにと作らせたものです」

峰吉は精緻《せいち》に作られている辰の根付けを指さした。

――世の中には自分に姿形のよく似た他人が、何人かいると言われているが、ここまで来ると、他人の空似だったとは言えない――

「それで、宗之助さんはこれを機に神隠しに？」

季蔵はてっきり、そうだと思い込んでいたが、

「いえ、いつも通り、松の取れる二日前にお戻りになりました」

「お内儀さんはどうされました？」

「茶店の主が届けてきた財布を旦那様にお見せになって、どこでどうしていたのかと問い詰めておられました。旦那様は財布を落とした覚えはないと言い通されていましたが、それなら、これと同じ財布を見せるようにと、お内儀さんに詰め寄られると黙ってしまわれました。お内儀さんの荒い声も、旦那様御夫婦が言い争う様子を見聞きしたのも、てまえは初めてでございました。ずっと穏やかにお暮らしでいらしたのです。この後、旦那様は遅ればせの挨拶廻りをなさると、誰にも何も告げずに、店を出て行ってしまわれたんです」

三

「宗之助さんとお内儀さんの馴《な》れ初《そ》めは？　宗之助さんはどこぞの大店《おおだな》のご子息で、ここに婿養子に入られたのですか？」

「婿養子には違いありませんが、大店のご子息ではなかろうと思います。ある日、今の旦那様のように、仕入れで遠出の多い先代の旦那様が、旅から連れ帰ったお方でした。〝この人には旅先で並々ならぬ世話になった。おちせの婿にすることに決めた〟と、いきなりおっしゃったんです。てまえどもは面くらいましたが、先代は何事も言い出したらきかな

い方でしたので、しばらく浮かぬ顔だったちせお嬢様も、従うほかはなかったのでしょう。もう六年も前のことです」

「先ほど、主夫婦は穏やかに暮らしてきたとおっしゃっていましたね。夫婦仲は睦《むつ》まじかったのでしょう？」

「ええ、まあ。ただし、あまり一緒にいることのないお二人ですので。てまえどもは子宝に恵まれないことに、多少、やきもきはしていましたが――」

「初めて宗之助さんに会った時、どんな印象を受けましたか？」

「印象と言われても、特にこれといっては――」

「大店の婿養子に選ばれたことを喜んでいる様子でしたか？」

「正直、今でも、寡黙すぎる旦那様のお気持ちは分からないのです。旅に出て黙々と仕事をこなし、帰ってこられても、また旅に出る。その間に仕事の話こそすれ、訪れた土地について、ああだった、こうだったと洩らしたこと、聞いたことなんぞ一度もありません。これは下世話な話ですが、これだけあちこちを飛び回っているのだから、時には、鄙《ひな》にも稀《まれ》な美女に出遭うこともあろうだろうに、旦那様は浮気一つなさっていないに違いないと、手代たちが話しているのを耳にしたことがございました」

――女子《おなご》に興味がないのだとすると――

季蔵は探るような目を峰吉に向けると、

「それは断じてございません」

察した峰吉は苦笑した。

――誘われかねない様子の峰吉さんが言い切るのだから、間違いあるまい。その類でないとすると、悪い連中に狙《ねら》われていることも考えられるが――

「まさか、掠《さら》われて金を用意しろと言われているのを、隠しているのではないでしょうね？」

念を押してみると、

「そうなら、とっくに奉行所に届けております。うちもお上には多少の伝手《つて》はございますから」

峰吉は首を横に振った。

「宗之助さんが金子を持ち出しているというようなことは？」

「ございません。ただただ、商い一筋、真面目一辺倒の主が行方《ゆくえ》知れずになってしまったのです」

峰吉はきっぱりと言ってのけた。

「ところで、宗之助さんは漬物作りや寝かせ方についても、修業を積まれたのですか？」

「先代はそのおつもりのようでしたが、旅から旅への長い間の無理が祟《たた》って、お二人の祝言《しゅうげん》を見届けると、ほどなく亡くなられてしまったのです。それで、急遽《きゅうきょ》、旦那様が先代の代わりに漬物の仕入れを引き受け、漬物についてはみっちり仕込まれているお内儀さんが、主が留守の間の一切を取り仕切ることになったのです。大番頭だった父がお二人をお助けしました。ただし――」

「ただし？」

「旦那様はてまえの父が旅にお供することを嫌われました。当初は父の年齢《とし》を気にかけてくだすっているのだろうと思いましたが、そうではなく、てまえが代わりにと申し出ても、首を横に振られました。たった一人では道中が気がかりですし、これは先代からの習わしだと申し上げると、〝わしにはわしのやり方がある〟と突っぱねられました。旦那様に叱《しか》られたのは、それが最初で最後でございます」

――これだけの大店の主が一人で旅をするとは、奇異なことだ――

「お願いでございます」

峰吉は畳に手をついて、

「どうか、旦那様の行方を突き止めてください。このままですと、案じる余り、お内儀さんが弱りきって大事に至ってしまいます」

「出来るだけのことはいたしますとしか、今は申し上げられません」

季蔵は立ち上がり、倣《なら》ったおしんとともに、おちせを見舞った。

「お内儀さん」

おしんはぐったりと臥しているおちせの手を握った。

おちせは黒目がちでやや色の浅黒いところがおき玖に似た、気性の強そうな美女であった。これほど意気消沈して、病を得ていなければ、並みいる男たちをなぎ倒しかねない、気迫と活力を兼ね備えているはずだった。

「旦那様は必ずお探しします」

思わず季蔵の口が滑った。

——これといって当てはないのだが、少しでも気を休めてあげたい——

「お願いします」

おちせは目から涙を溢《あふ》れさせて、

「うちの人、お店のために、がむしゃらに働いてばかりで、ろくにいい思いなんてしてないんです。今となっては、女と関わっててもいいから、幸せでいてほしいんです。もしや、追いはぎに襲われでもしたんじゃないか、今頃、おとっつぁんのそばにいて、またぞろ、あれしろ、これしろって、厳しく叱られてるんじゃないかって思うと、あたし、もう、たまらなくて——」

むせび泣いた。

——一人旅を続けていて、今まで一度も大事に至らなかったということは——

「宗之助さんには武芸の心得がおありだったのでは？　道中差しも見せかけだけではなかったのではありませんか」

訊《き》いたのは、これが何かの手掛かりになるかもしれないと思ったからである。

「いいえ」

おちせは首を横に振って、

「虫一匹殺せない人でした。言葉の少ない人でしたが、ある時、あたしが蛾《が》に向かって団《うち》扇《わ》を振り上げようとすると、強く止めたんです。そして、この世には、冬には虫の姿をしていて、夏になると草に育ち、これを煎《せん》じると、どんな病もたちどころに癒す、珍しい薬があるのだという話を、熱心にしてくれました」

――冬虫夏草《とうちゅうかそう》のことだ――

ある種の菌類がコウモリ蛾の幼虫に寄生して、育ってできる生薬が冬虫夏草であることを、主家が長崎奉行を務めていたゆえに、季蔵は知っていた。この珍重される高価な薬は、不死の薬とも称されて、長崎を経て江戸にもたらされていた。

――これで宗之助さんは武士ではないが、薬にくわしいとわかった――

季蔵はやっと一つ手掛かりが掴めた気がした。

「どうか、安心してお休みください」

おしんを促して、おちせの部屋を出ようとしたその時である。

ばたばたと廊下を走る音が聞こえて、

「何事ですか。お内儀さんの見舞客がいらっしゃるんですよ」

峰吉が立ち上がって障子を開けた。

「大変です」

若い手代が頬《ほお》を上気させている。

「何が大変なんです？」

「漬け込んだばかりの熟《ずく》し柿漬けの樽が届きました」

「熟し柿漬けだと？」

峰吉は仰天し、

「それなら、旦那様は練馬においでだ」

おちせを振り返って、

「お内儀さん」

目を潤ませた。

「こうしちゃ、いられないわ」

おちせの表情がみるみるうちに生気を帯びた。

布団の上に起き上がって、立ち上がろうとするが、風邪の熱に腰をとられ、よろめいて崩れ落ちた。

「お内儀さん、大丈夫です。熟し柿漬けのことなら、てまえが承知しております。どうか、お任せください」

峰吉はきびきびと言うと、

「申し訳ありませんが、てまえはこれで。忙しくなりますので失礼いたします。旦那様が達者とわかって何よりでした。毎年、旦那様より先に大根の熟し柿漬けの樽の方が先に届くんです。二、三日うちには、旦那様もきっと戻っておいでです。ご心配をおかけしてすみませんでした。このお礼は後ほど必ず――」

あわてて、漬物樽が運び込まれている蔵へと向かった。

「よかったですね」

おしんは自分のことのようにほーっと大きく息を吐き出しつつ、おちせに微笑みかけて、

「結局は犬も食わない夫婦喧嘩《げんか》だったんですね。うちなんて、始終ですけど、そのたんびに相手の本音がわかって、仲良しになる気がするんですよ。夫婦喧嘩っていいもんですよぉ」

相手を労《いたわ》りつつ惚気《のろけ》た。

「何よりです」

季蔵はなぜか、まだ不安げなおちせを見つめた。

「でも、どうして、あの財布が市中の茶店に？　どうして？」

おちせの呟《つぶや》きに頷《うなず》いた季蔵は、

「ところで、毎年、旦那様が木曽で初漬けするという、すんきの樽も着いているのですか？」

訊かずにはいられなかった。

「ええ、もうとっくに――」

おちせは眉を寄せ、

――すんきが届いたのなら、宗之助さんが初漬けに立ち会ったという証だ。だが、宗之助さんが市中の茶店で落とした財布がある以上、木曽にはいなかったことになる。なぜ、

そんなことが？　おかしな話はそのままではないか――

季蔵は心の中だけで首をかしげた。

四

「ほんとうによかった。すいません、めんどうかけちゃって――」

季蔵と一緒に野もと屋を出たおしんは、

「ところで、さっきの大根の熟し柿漬けって知ってます？」

得意な漬物の話を始めた。

「さて、どんなものです？」

季蔵は漬物には明るくないが、単なる沢庵漬けではなさそうなので興味が惹《ひ》かれた。

「これもね、あたし、あのお内儀さんから教わったんですよ。まず、柿なら何でもいいから、熟《う》れたら、へたを取って、砂糖と焼酎《しょうちゅう》、それに刻んだ唐辛子を放り込んで、漬け床を作るんです。三月《みつき》も置いとくと、これ、柿酢になるんです。一度沸かしてから、らっきょうを漬けると、強烈にすっぱいけど、ただの酢よりも奥のある酸味で、箸が止まらないほどの美味さなんです」

「何でもいいからというのは、柿は甘柿でも渋柿でもいいということですか？」

「焼酎が渋抜きになるから、どっちでも大丈夫。ようは実りすぎた柿が、落ちて腐るのは勿体ないからって、考えついたもんなんですって」

「それに大根を漬けるわけですね」

季蔵は話を大根の熟し柿漬けに戻した。

「皮を剝《む》いて縦半分か、大きめのは四等分した大根に、塩をこすりつけて樽に入れて重石《おもし》をするんです」

「大根は干さないのですね」

季蔵の言葉に、おしんは頷いて、

「これは生の大根で作るんです。二、三日して、樽の中の大根の上下を入れかえ、さらに、二、三日漬けて、塩が大根に馴染《なじ》んで大根が柔らかくなったら、下漬けはお仕舞い」

「下漬けというからには、まだ、先があるんですね」

意外に奥が深く、手間も時も かかるのが漬物であった。

「樽に下漬けした大根と、さっきの漬け床を交互に重ねていくんです」

「漬け床は柿酢になっていなくていいのですか?」

「好みでしょうけど、大根はらっきょうほど強い匂いがないから、焼酎や砂糖と混ざって、潰《つぶ》れかけてるぐらいの柿の方がさらっとした味に仕上がるんです」

「なるほど」

「これで仕舞いじゃないんですよ」

おしんはくすっと笑った。

「重石ですね。きっちり重ねていくので、下漬けほどの重みは必要ないかもしれません。

落とし蓋《ぶた》でしょうか？」

「肝心なのは、重ね終えた最後に、米糠《こめぬか》と塩を混ぜたもので、大根が隠れる程度に、うっすらと覆うことなんです。落とし蓋はこの後――。十日ぐらいで漬かって、一月ぐらい美味しく食べられるんですよ。外の寒いところで漬けた方が長持ちします。雪菜のふすべ漬けと並んで、うちでも人気です。沢庵ほど固くないので、お年寄りや歯の悪い人にも喜ばれてるんです」

――柿色が白い大根を染めて渋い桜色に仕上がるのだろうか？――

是非、この目でながめて、味わってみたいものだと季蔵は思った。

「この次、出来たてをお持ちしますよ。大根の熟し柿漬けって、今の時季を映したみたいに綺麗に仕上がるんです」

「楽しみです」

これでこの日、おしんとの漬物談義は終わった。

翌日、岡っ引きの松次が一人で、塩梅屋を訪れた。

「お役目ご苦労様です」

おき玖はすぐに、期間限定の酒粕《さけかす》の甘酒ではなく、常に作り置いてある糯米《もちごめ》の甘酒を湯呑みに満たして、松次の前に置いた。

「何かありましたか？」

松次は珍しく、すぐには甘酒に手を伸ばさず、無言で両腕を組んでいる。

——まるで、田端《たばた》様のようだわ——

おき玖は少し可笑《おか》しかった。

「何日か前、番屋に亭主が帰って来ない、神隠しに遭ったたって言ってきた、煮売り屋の女房がいるんだよ。男が家を空けるってえのはたいていこれだろ？」

松次は小指を立てて、

「だから、捜してくれって言われても、なかなか腰が上がらなかったんだが、八人も食べ盛りのガキがいるとわかって、気の毒になってね。子どもは女一人で出来るもんじゃなし、女房一人を捨てるんならともかく、血を分けた子ども八人までも、ポイというんじゃ、こりゃあ、酷《ひど》すぎる。いくら、余りもんが出る煮売り屋といっても、これほどの子沢山じゃ、すぐに食い詰める。一家心中しろって言ってるのと同じだよ。何としてでも、亭主を捜し当てて、せめて、子どもたちが奉公に出る年頃になるまで、食い扶持《ぶち》ぐれえ、払わしてやりてえもんなんだが、困った、困った、何とかしてくれってえ、女房の泣きごとを幾ら聞《じっ》いても、これと言った手掛かりが摑めねえのさ。それで、あんたならと——。あんたは十手《て》に馴染んだ俺たちと違って、素人《しろうと》だからこそ閃《ひらめ》く、荒っぽい勘を持ち合わせてる」

——持って回ってるけど、ようは季蔵さんの力を借りたいってことなのね。困ってるのは親分の方——

おき玖は、また可笑しかった。

——またしても、御亭主の神隠しか。野もと屋同様、騒動で終わるといいが——

「わたしでお役に立つことでしたら」

「閃きはあるのかい？」

「まずは御亭主を案じている、おかみさんに会いたいです」

季蔵は前垂れと襷《たすき》を外しかけた。

折りよく、この日はすでに仕込みを終えていたからである。

——そうだ。鏡餅を割って三吉の大好物の汁粉《しるこ》にした後、残りを小さく切って、陰干しにしていたな——

「少しお待ちください」

——子どもには、いくらおやつがあっても足りぬものだ——

季蔵は陰干ししてある餅を離れの縁側から取ってくると、熱した油でからりからりと揚げ始めた。

揚げたてには、塩をまぶすことが多いのだが、今回は黒砂糖に変えた。

——黒砂糖の方がお腹《なか》にたまる——

「美味そうだな」

甘いものに目のない松次が摘んで口に入れて、幸福そうに目を細めた。

「三吉ちゃんに少し取っておくわよ。楽しみにしてたんだから」

おき玖は使いに出ている三吉のために、小皿に取り置いた。

——八人——これだけでは足りないかも——

「もう少し待ってください」

季蔵は小麦粉と一つだけ残っていた大きめの卵、砂糖を使って、もう一品、菓子を作ることを思いついた。

鉢に卵を溶いて、砂糖を入れて混ぜ、小麦粉を入れてまとめる。打ち粉をして伸ばし、薄く薄く切り揃える。

卵だけで砂糖と粉をまとめるのは厄介だが、途中で水を足すとタネの中まで浸透しない。かえって仕上がりが固くなる。

救いは固い生地なので、べたつかず、菜切り包丁でさくさく切れることであった。

「慣れた手つきだね。何ができるのかい？」

松次は興味津々である。

「花林糖《かりんとう》です」

季蔵は一度下ろした油の入った平鍋を、再び竈《かまど》にかけた。

「あれは子どもの頃、何よりのご馳走《ちそう》だったよ。さっきのかき餅と同じで、饅頭なんかよりも腹持ちがいいしな。なつかしいねえ。ただし、滅多に買っちゃあ、もらえなかったが
――」

花林糖売りは飴《あめ》売り同様、一年を通して、市中の子どもたちの人気者であった。

「わたしも親分と同じですよ。なかなか買ってもらえないので、弟は母にごねていました。それで、何とか、拵えられないものかと、母が手作りしたのです。わたしはそれを見てい

ました」

生家の堀田《ほった》家では武家の習わしで、母親は厨《くりや》に男子が入ることを嫌ったが、料理好きだった季蔵は、柱に隠れてそっと覗き見ていたのであった。

――好きだったのはわたしや弟だけではなかった――

そこに想いを馳《は》せた時、季蔵の胸がしんと痛んだ。

――瑠璃《るり》はいずれ、堀田家の嫁になるのだからと、自分から言い出して、母上に花林糖作りを習っていたことがあった――

季蔵は瑠璃の拵えた、やや固かった花林糖の味を思い出していた。

――粉と卵、砂糖がなかなかまとまらないと言って、泣きべそを搔《か》いていたのが可愛《かわい》かったと、母上は微《わら》笑っていた――

「ちょいと油が熱くなりすぎてやしないか？」

松次に意見されて、

「わたしとしたことが――」

季蔵は煙が立ちかける一瞬前で平鍋を下ろして、揚げるのに適した頃合いまで冷めるのを待った。

さらに再び竈にかけて、切り揃えた生地を揚げていく。

黒蜜《くろみつ》に絡めて仕上げるのだが、これにもコツがある。

鍋で黒砂糖と半量の水を煮詰め、ぶくぶくと立つ泡が小さくなってきたところで、揚げたての花林糖と黒炒《い》り胡麻を加え、箸でかき混ぜる。全体に絡んだら、火から下ろして、冷めるまで混ぜ続ける。

黒砂糖が固く絡んだら出来上がりである。

五

――瑠璃の花林糖の黒蜜かけは上手《うま》く出来ていた。わたしが褒めると、〝この先、子どもたちにも沢山、食べさせたいと思います〟と言って、はっと気がついたのか、瑠璃は真っ赤になった。わたしにはこの瑠璃も可愛かった――

「そろそろ八ツ刻だ。それだけたっぷりありゃあ、さぞかし、ガキたちも喜ぶだろうよ」

花林糖にも手を伸ばしながら、松次は相好《そうごう》を崩し、季蔵は取っておいた引き札の紙を、裏返して包んだ。

季蔵は松次について店を出た。

頬がひやりとして、空から雪片が落ちてきた。

――こんな時季に御亭主にいなくなられては、大勢の子どもを抱えて、おかみさんが泣きたくなるのも無理はない――

「寒い今時分の方が、かんかん照りの夏場より、何かと子どもに銭がかかる。火鉢に火を入れるのは我慢させても、着せるものぐれえは工面しなきゃなんねえし、水ばかり飲ませてちゃ、すぐに風邪を引いちまう」

松次が呟いた。

団十《だんじゅう》という名の煮売り屋は小石川は指《さし》ヶ谷《や》町の横丁にあった。

店の前には、四、五歳から八、九歳ぐらいまでの子どもたちが五人、ぞろりと並んでいる。

男の子が四人、女の子一人。

――男の子が多いとなると、これは大変だ――

「おっかあ、おいら、腹空いたよ」

「昼に小さな握り飯一つだぜ」

「朝はうすーい粥《かゆ》だったよ」

「お椀にたった一杯だったぜ。よちよち歩きの弟と一緒だったじゃないか」

「腹あ、空いたあ」

「死んじまうよお」

三歳ほどの女の子が両手で顔を被《おお》って、えーん、えーんと泣き始めた。

すると、奥から、

「静かにしろよ。今、店がやっと一息ついたところなんだから。おっかあだって、朝、お椀に半分、粥を啜《すす》っただけなんだぜ」
十一、二歳の少年が顔を出した。
背中に片言を話すことができる、弟と思われる、赤子を背負っている。

「飯、飯」

足をばたばたさせながら、よだれを垂らしているこの子も空腹のようであった。

襷と前垂れを掛けている様子から、店を手伝っているのだとわかる。

「邪魔するよ」

松次が声をかけた。

「お世話になってます」

少年は礼儀正しかった。

「おりきに話があってきたんだよ」

「おっとうのことですね」

少年の目が期待に輝いた。

「まあ、そんなとこだ」

二人は店の中に入った。

大皿に盛られているきんぴらや五目豆、おからの炒り煮等は、もう、ほとんど残っていなかった。

——これではおやつ代わりにならないな——

乳飲《ちの》み子に乳を含ませていた、痩せぎすのおりきは、

「まあ、親分」

あわてて、胸元を合わせると、

「この子を寝かせてきておくれ」

乳を飲んで寝入ってしまった乳飲み子を少年に抱かせた。

少年が布団を延べてある奥の板敷へと上がったところで、

「まさか、うちの人に何かあったんじゃ――」

おりきの目は怯《おび》えていた。

「そういうことじゃねえから安心しろ」

そう言って、松次は、傍《かたわら》の季蔵がここへ同行するに至った理由《わけ》を話してきかせた。

「ってえわけだから、大船に乗った気で、この男が訊いたことに応えてくれや」

「わかりました」

「じゃ、ガキたちは奥に入ってな。おりきさん、ちょっと外へ」

松次に促されて、おりきは緊張の面持ちで下駄をはいた。

「話を聞く前に、これを子供たちに」

と言って季蔵は黒砂糖のかき餅と花林糖の包みを少年に渡した。

「塩梅屋と俺からのほんの土産《みやげ》だよ。食えば多少は腹の足しになる」

当惑気味に受け取って中を開いた少年が、

「わあっ」

歓声を上げると、背中の大きな赤子も、

「何？　飯？」

また、よだれを垂らしながらねだった。

「みんな食い物だぞ」

少年が大声で叫ぶと、わあっという大きな歓声が上がった。

「食い物だ。食い物だ」

「ほんとだ、菓子だ」

「わーい、わーい」

少年が手にしている包みから、我先にと、かき餅と花林糖を奪い合う。

その様子を見て、

「ありがとうございます、ありがとうございます」

おりきは何遍も頭を下げた。

いなくなった日のことを、ひとしきり訊いた後で、

「ようは御亭主の夏五郎《なつごろう》さんが、何日か仕事で姿を消すのはよくあることだったんですね」

「ええ。昔の仲間に誘われて旅回りをしているとかで、始終、店を空けてました」

「店の名から察すると御亭主は役者さんでは？」

「そうです。若い頃はうっとりするほどいい男で、それであたし、すっかり逆上《のぼ》せて――」

おりきは顔を赤らめた。

「でも、足を痛めたせいもあって、市中の舞台に立てたのは一時でした」

「御亭主のいない間は、あなたが一人で店の切り盛りをなさっておられるのですね」

「あたしはもともと料理は嫌いじゃなかったし、何しろ、帰ってくるたんびに子どもができちまうんで、煮売り屋なら、余りもんが出て、子どもたちを食べさせられるって思って――。あの人も帰ってくると、少しはお金を家に入れてくれるんですけど、とても足りなくて――」

「役者なんぞになって、一度騒がれた奴は、とかく遊び癖がつくもんさな。与太者と変わらねえ。だから、今時分野郎は――」

松次は憮然《ぶぜん》とした表情になった。

「そんなことねえ」

いつの間にか少年が後ろに立っていた。

背中の大きな赤子は手に花林糖を握ったまま寝入ってしまっていて、重みに耐えかねた少年の細い首が縮こまっている。

「おっとうはおいらにこう言ったんだから。〝俺もおまえたちやおりきに苦労をかけてきたが、この際、心を入れ替え、稼いだ銭は全部、おりきに渡す。おりきがおまえたちを、手習いに行かせたがってるのは知ってるんだ。読み書き、算盤《そろばん》だけはできるようにしてやりてえってえのは、俺も同じなんだよ、俺だっておまえたちの親だからな〟って。おいらはおっとうの言葉を信じるよ。おっとうは与太者なんかじゃねえ」

少年は松次を睨《にら》み据えた。

「誠吉《せいきち》、案じてくれてる親分に失礼じゃないか」

おりきは少年の名を呼んで窘《たしな》めると、

「一つ思い出しました。手掛かりになるかどうかはわかりませんが――。うちの人、旅に出る前には必ず、大高寺《だいこうじ》にお参りしていたようです。大高寺のお札を取りに行った人が、いつだったか、うちの人とばったり鉢合わせたんだそうで。そのお客さん、〝こんなこと言っちゃなんだけど、いつもの洗いざらしの着物じゃなくて、どっかの大店の旦那様の旅姿みたいだったわよ、夏五郎さん。いい男ぶりだからよく似合ってたけど〟って言ってました」

「その日、ここに帰って来た時の姿は?」

「出て行った時と同じでした。それで、あたしはその人の見間違いだったんだと、今も思ってます」

――これだな――

季蔵と松次は大高寺へと向かった。

「あんたの勘の閃きは確かだろうから、文句を言うつもりはねえが、大高寺の鬼子母神堂《きしもじん》といやあ、小せえとこだが、子どもの神様の鬼子母神を祀《まつ》ってて、子どもが丈夫に育つようにってえ、雑司《ぞうし》ヶ谷《や》の鬼子母神にも劣らねえ有り難いお札で知られてるところだ。子沢山の夏五郎がお参りしててもおかしかねえよ。誠吉も話してた通り、家族に対して、多少は良心を持ち合わせてたんだろうしな」

首をかしげる松次に、

「まずは、団十のお客さんが大高寺で見かけた相手が、本当に、夏五郎さんだったかどうか、ご住職に確かめてみましょう」

季蔵は多くを語らなかった。

大高寺は加賀藩中屋敷の東南に位置し、門前の道は江戸四宿《ししゅく》の一つ板橋宿に続いている。鬱蒼《うっそう》とした林を背景に建っている、大高寺と記された扁額《へんがく》を潜ると、まず目に入ったのは手水舎《ちょうずや》だった。手水鉢は苔生《こけむ》して、雷が落ちた後の松の大木は傾《かし》ぎかけている。境内《けいだい》は落ち葉で埋まり、賽銭《さいせん》箱は真っ黒で傷《いた》みも激しい。

六

本堂へと進み、

「お邪魔しますよ」

松次が大声を張り上げると、

「何用でございましょうな」

擦り切れた袈裟《けさ》を着けた、大柄な老住職がのっそりと現れた。のっぺりとした長い顔からは、何の表情も読み取れないような気がする。

「ちょいと訊きたいことがあってね」

松次は夏五郎の特徴を話して、見かけたことがあるはずだと問い詰めた。

「はて――」

相手は細い目をさらに細めて、

「思い当たりませんなあ」

大きく一つ息を吐いた。

「ここは宿も兼ねておられるのですか？」

季蔵は本堂の上がり口に並べて干してある、何個もの枕を見遣《みや》った。

「これはご無礼を」

あわてた様子で老住職は枕を片付けはじめたが、この時、頬の肉が僅《わず》かにぴくりと動いた。

――何かある――

「裏に干してもよろしいのだが、裏は今時分、一日中、陽《ひ》が当たりませんでな」

老住職は如才なく世間話に転じた。

「お見受けしたところ、ここは御坊《ごぼう》とせいぜい下働きのお二人がお住まいのようです。二人分にしては、枕が多いですね」

季蔵はさりげなく探りを入れた。

すると住職は枕を三つ、抱え込んだまま、

「雨や嵐でここへやっと辿《たど》り着く、旅のお方がおいでです。市中までは遠いので、こんなところでもよかったらとお泊めしております」

渋々、季蔵の指摘を認めた。

「そん中に、木綿《もめん》着から、絹物の一張羅に着替える夏五郎もいたんじゃねえのかい？　今もいるかもしんねえ。見せてもらっていいかい？」

松次がすかさず畳み込むと、

「それは、どうか、寺社奉行様のお許しをいただいてからになさってください」

相手は落ち着き払って言い切った。

――今はここまでだな――

季蔵が目配せすると、

「ご苦労だったな、ありがとよ」

松次は唾《つば》でも吐き出すように礼を言って踵《きびす》を返し、季蔵も従った。

帰り道、

「ありゃあ、何か隠してる、間違いねえ。寺ってえのは詮議《せんぎ》しちゃあいけねえってことになってんで、今日のところは引き下がったが、きっと、あそこを家捜しできる、これという証を摑んでみせるからな」

しきりに松次は息巻いたが、

――あっけなく行き詰まってしまった――

季蔵は次の手が思いつかない自分が情けなかった。

「どうです、親分、たまには夜にもお立ち寄りになっては?」

「遠慮しとくよ。夜は酒飲みが集《つど》うと決まってる。下戸《げこ》の俺なんぞは、目障《めざわ》りなばかりだ。帰って、今日は早く寝ることにする」

松次と別れた季蔵が塩梅屋に戻ると、

「おしんさんが来てるのよ。離れで待ってもらってるの」

おき玖が告げた。

離れで待っていたおしんの青い顔には涙の痕《あと》があった。

「どうしました?」

「野もと屋の旦那様が亡くなってしまって——。今、あたし、お内儀さんに呼ばれて、お慰めしてきたところなんです」

「急な病ですか?」

「そうじゃなくて」

「まさか自死なんてことでは?」

「練馬で斬《き》り殺されたって聞きました。散歩に出かけて、野っ原で殺されてたんで、今日の朝まで見つからなかったそうです」

——宗之助さんが殺されたとは——

これはあまりにも意外な展開であった。

「骸《むくろ》はどなたが引き取りに?」

「大番頭の峰吉さんが手配して、今夜中には野もと屋に運び、明日には通夜をするとのことでした。遠く離れた田舎《いなか》の練馬で、下手人の詮議をしてもらったところで、どうせ、見つかりはしないだろうからって」

――まあ、それも一理ある。たとえ、冬場ではあっても、骸は少しずつ朽ちていく。元気だった頃の面影のない御亭主の骸と対面するのは、お内儀さんも辛かろう――

「あたし、もう、たまらない気持ちで。季蔵さんに、このことを話さずにはいられなかったんです」

「わかります。通夜には一緒に行きましょう」

「聞いてもらって、何だかほっとしました」

離れの縁側の陽が急速に翳《かげ》りかけていた。

「夕餉の支度がありますから」

腰を上げたおしんに、

「菜の足しにしてください」

おしんと豪助の一粒種善太のために、花林糖を残しておけばよかったと思いつつ、季蔵は漬かり頃の烏賊の味噌漬けを竹皮に包んで渡した。

「邪魔するよ」

翌早朝、季蔵は、どんどんと油障子を叩く音と松次の声で目を覚ました。

まだ、長屋の中は闇が濃い。

「早いですね」

季蔵は油障子を開けた。

ふあーっと出そうになる欠伸《あくび》を噛《か》み殺す。

「早すぎたかな」

頭を掻いた松次は、

「年寄りは朝が早い上に、気が短くていけねえな。なに、二刻（四時間）やそこら、遅れたって、どうってこたぁねえことなんだがな――」

「今、お茶を淹《い》れます」

季蔵が薬罐《やかん》に水を汲もうと外の井戸端に出て、戻ってくると、

「実はな、昨日の夜遅く、野もと屋から番屋に骸が運ばれてきたのさ」

「練馬の事件を親分たちが詮議するんですか？」

「何と骸を運んできた理由は、そいつが旦那の宗之助じゃねえからなんだよ」

「宗之助さんじゃない？」

季蔵は湯を沸かすために、炭箱の蓋を開けたところだった。

「それは大変なことです」

「そうなんだよ。いってえどうなってんだか、ちんぷんかんぷんさ」

「その骸、見せていただけませんか」

季蔵は炭に火を点《つ》けるのを止《や》めた。

「いいよ」

そうこなくっちゃと言わんばかりの顔で、松次は頷き、二人は白い息を吐きながら番屋へと走るように歩いた。

途中、季蔵は亭主捜しを頼まれた経緯を、例年通り、大根の熟し柿漬けの樽が届き、宗之助の無事を皆が喜んだ顛末まで、詳しく話した。

「何だ、そうだったのかい。そういゃあ、着物や持ち物だけは上等で、宗之助のものによく似てると、名無しの権兵衛《ごんべえ》の骸を、番屋に届けてきた時、大番頭が首をかしげてたな。ってえと、亭主じゃねえそいつは、宗之助の身代わりだったってことになるぜ」

松次は金壺眼を瞠《みは》って、

「思い当たる奴もいる」

唸《うな》るように呟き、季蔵は大きく頷いた。

番屋に着くと、手を合わせると早速、筵《むしろ》をめくって、運ばれてきた骸を確かめた。

造作の整った細面《ほそおもて》の中年者が、一刀の下に肩口から胸まで斬り下げられて死んでいた。

季蔵が裾《すそ》をまくって両足の様子を調べると、片方の股《もも》と脛《すね》がもう片方よりも、際立って貧相だった。

――庇《かば》って使わなかった方の足が痩せているのは、片足が悪かった証だ――

「おりきを呼べ」

松次は指ヶ谷町に使いを出した。

夏五郎の変わり果てた姿を見たおりきは、

「あんた、あんた、どうして――。嘘だよね、死んでなんかいないよね、さあ、目を開けて――」

おりきは束ねた髪の紐《ひも》がほどけるほど、強く頭を横に振りながら、取りすがって泣き続けた。

松次は手ずから、おりきのために番茶を淹れた。

泣き止むのを待って、

「こんな時でも、店を開けねえと、親子九人、食っちゃあいけねえはずだぜ」

話しかけると、こくんと頷いたおりきは、

「まあ、茶でも飲んで」

勧められるままに湯呑みを手にした。

「誠吉もそう言ってましたよ」

ぽつりとおりきは呟いて、

「もう、知ってるのかい？」

「あの子にだけは話したんです。しっかり者ですからね。そうしたら、今の親分と同じ科白《せりふ》で、いつも通り、〝早起きは三文の得だよ、おっかあな〟なんてことまで言って、無理やり笑って、仕入れに出ていきました。あたしもこうしちゃいられません」

おりきは両目を袖で拭《ぬぐ》って立ち上がった。

七

子どもたちが重なり合って寝る、団十の板敷はあまりに手狭なので、夏五郎の通夜、葬儀は、季蔵が頼み込んで、小石川からかなり遠かったが、塩梅屋とは先代からつきあいのある、芝の光徳寺で行われた。

通夜、葬儀の日とも、店を開けなければ一家が粥も啜れないことを聞かされて、おりきの店を訪れた光徳寺の和尚安徳《おしょうあんとく》は、

「それでは通夜、葬儀を終えるまで、子どもたちは皆、うちの寺で預かりましょう。贅沢《ぜいたく》なものは出せないが、腹一杯は食わせてやれるし、境内で元気に遊ぶこともできよう。何、乳飲み子もいるのか？　それはちと、わしでは世話が無理じゃよ。よちよち歩きの方も勘弁してくれ。追いかけるにも、老いぼれの弱った足では間に合わぬ。こんなに大勢の子を遺《のこ》して、さぞかし、死んだ父親も気がかりであったろう」

と言って目を瞬《またた》かせ、五人の子を引き連れて行った。

仕事の合間を縫って番屋にやってきた誠吉は、夏五郎の骸を大八車に乗せて光徳寺へと運んだ。

季蔵は一緒に付き添って行った。

少年一人の力では、道のりのある光徳寺まで骸を運びきれないと見たからである。途中

で交替するつもりであった。

「おっとうは練馬の野っ原で斬り殺されたんだってな」

誠吉が訊いてきた。

「そう聞いている」

「あんた、親分の手下かい？」

「まあ、時にはそうなる」

「だったら、必ず、おっとうの仇《かたき》を取ってくれよ。そうじゃねえと——」

誠吉は声を詰まらせ、

「何で、俺たちのために、野っ原なんかへ行ったんだよ。おっとうの馬鹿」

掠《かす》れ声で叫んだ。

「俺たちのため？」

「おっとうはさ、旅に出るたんびに、野っ原や林へ入って、木の実を探して土産に持って帰ってきてくれてたんだ。夏や秋はオニグルミやアケビなんかがどっさりだけど、冬はエノキとかガマズミの実がそこそこ。種が大きくて、ざらざらしてるエノキの実より、ガマズミの実の方が美味しい。ガマズミの赤い実は、霜に当たると酸っぱくなくなって甘くなるからね。それで、毎年、正月明けに出てって帰ってきた時は、袋いっぱいのガマズミの実が俺たちへの土産だった」

——夏五郎さんにはそんな優しい一面があったのか——

季蔵は涙が出そうになった。

「エノキより、霜当たりのガマズミの方がずっと美味い、エノキなんて食えやしないって言ったの、俺なんだよ。小さい時だったけどね。以来、ずっと、おっとうは食べ頃のガマズミを探してきてた。きっと、練馬ってとこの野っ原には、ガマズミの実が沢山、あったんだろうね。俺さえ、あんなこと言わなければ、おっとうはガマズミを探して、野っ原に出ることもなくて――」

誠吉の横顔は、止めどもなく涙を流し続けている。

「いや、ガマズミのせいなんかじゃない。どこにいても、夏五郎さんは災難に遭ったはずだ。これは人の命を平気で奪う、悪い奴の仕業なんだ」

季蔵は言い切り、

――これは何としても、下手人を突き止めなければならない――

心に決めた。

夏五郎の野辺送りを終えた翌日の早朝、季蔵は練馬へと向かった。

日本橋から練馬へは、とにかく北西に進む。日本橋界隈《かいわい》を南北につなぐ大通りを行き、神田川を渡る。本郷、駒込《こまごめ》を抜け、二里半（約九・八キロメートル）歩くと板橋宿に着く。そこから脇往還である川越街道を進んで、やっと行き着く。

まずは夏五郎が野もと屋宗之助と称して、寝泊まりしていた庄屋の家を訪れた。ここには漬物樽をしまっておく大きな蔵があって、村一番の漬物製造と問屋業の両方を営んでいた。

宗之助と親しく、三味線《しゃみせん》や長唄で時を過ごすことが多かったという、この家の女隠居が会ってくれた。

「お身内の方かね。宗之助さんとは顔立ちが違うが、あんたも男前じゃで、きっと、弟さんじゃろ。こんたびはてえへんじゃったな」

茶室に案内されて、ゆっくりと点前《てまえ》が披露された。

――この際、宗之助さんが夏五郎さんであることも、わたしが誰であろうとどうでもいいのだ――

「兄のことで何か思い出すことはありませんか？　たとえば、誰かに尾行《つけ》られていたような気がすると、洩らしていたとか――」

「まさかあ、そんなこん、あるわけないわね。ここはあんた、練馬の田舎だもの」

女隠居は欠けている前歯を隠そうと、袖口を口元に当ててふわふわと笑った。

「兄はここでどんな風に？」

仕方なく話を変えた。

「漬物屋らしく漬物好きだったね。味にもうるさかった。ただし、漬物樽のある蔵では、決して、味見をせんかったよ。漬物は切って並べてあるのを、風情のある場所で食べて、美味くなきゃ駄目だってね。そうなると、あたしのところでしょうが――。三味線弾いて、長唄うなって、酒の肴が漬かり頃の漬物。今なら大根の熟し柿漬け。もう、最高さ、極楽だよ。宗之助さん、粋《いき》で垢抜《あかぬ》けてて、楽しい人だったけど、漬物屋らしくはなかったね。漬物屋なら、漬物樽に貼《は》りついてるせいで、そばに寄られるとぷーんと酸っぱい匂いがするもんだろう？　あたしも若い頃はそうで――」

女隠居の饒舌《じょうぜつ》は果てしなかった。

「亡くなった兄は何か、ここに残してはいきませんでしたか？」

「さあねえ、骸のあの人を引き取りにきた時に、持ち物は渡してしまったから。ああ、でも、馬医者なら、何か知ってるかもしれないよ」

「馬医者？」

「前は人の医者もいたんだけど、去年の夏、あたしより一つ、二つ若かったっていうのに、卒中で死んだんだよ。それで、当分は馬医者が人も診てるのさ。そうそう、あんたの兄さん、その馬医者が見つけたんだったっけ。あの馬医者もすっかり年齢を取って、若い頃の男ぶりも台無しになっちゃって――」

女隠居の話はすぐに逸《そ》れる。

「馬医者の住んでいるところを教えてください」

「それなら、うちの者に案内させるから、もう少し、ここで――」

「急ぐのですみません」

名残惜しそうな女隠居に辞儀をして、季蔵は庄屋の家を出た。

畠《はたけ》のある方へ歩いて、馬を曳《ひ》いている老爺《ろうや》を見つけて飛んで行くと、馬医者の住まいが分かった。

「ついこの間、旅の人の骸が見つかったすぐ近くさね」

季蔵は言われた通りに歩いて、一本杉近くの平屋に行き当たった。

馬屋があって、病の手当を受けている様子の馬が頭を出している。

「何の用さね」

繋《つな》いだ馬の背中を拭いていた馬医者は、白髪だらけの蓬髪《ほうはつ》をかきあげた。苛《いら》ついている様子で、早くしてくれとばかりに、立ったまま左足を揺すった。

季蔵が用件を話すと、

「これじゃないのか？」

馬医者は片袖から赤い守り袋を出して渡してきた。

守り袋には白い糸ではるえと記されている。

――これは――

一瞬、季蔵は頭の中がじーんと痺《しび》れて、あたりの空気が凍りついたかのように感じて、胸が苦しくなった。

――はるえと縫われている赤い守り袋がこの世に一つとは限らない。だが、この縫い取りは――

「どこでこれを？」

「人にしては、酷い死に方をしたんで、気になって、骸が片付けられた後、もう一度、あそこを見に行って見つけた。はるえというのは、きっと子どもの名だろう。さぞかし、思いが残ったことだろうと察しられたが、すでに、骸が引き取られてしまった後だったので、とりあえず、わしがあずかっていることにしたのだ」

「ありがとうございました」

「どうしたね？　気分が悪そうだが――」

「大丈夫です。少し道中の疲れが出ただけで――」

「下手人は他所者《よそもの》だよ」

馬医者は言い切った。

「下手人を見たのですか？」

――そうだ、最初に見つけたのはこの人だった――

「ああ、見た。草むらに隠れていた侍の見事な一太刀《ひとたち》だった。わしも若い頃は多少武芸を嚙《かじ》っていたのでわかった。いつかこの村に居合抜きの大道芸人が来たが、あんな身振りだけが大仰《おおぎょう》なだけのものとは違う。静かで無駄がなく、だが凄《すご》みがあった。あっと息を吞む間もなく、野もと屋さんは倒れた」

「下手人の姿形は？」

「背は高からず、低からず、太ってはいないが瘦せてもいない。身形《みなり》は擦り切れて質素だが調っていた。顔は一度では覚えられない。よくいる、若くはないが、そう年寄りでもない、ごくごく普通の男だった」

季蔵は募り続ける絶望を振り払うようにして帰路に着いた。

道中、無事可愛い女の子が生まれた直後、塩梅屋を訪れた武藤が、見せびらかしていた三つの袋が頭の中を駆け巡って離れない。

武藤はあの時、こんな風に言っていた。

「本人に守り札の入った守り袋を持たせるだけでは、まだ、心配ゆえ、それがしと妻も一緒に、〝はるえ〟と縫い取った守り袋を肌身離さぬことにした。そうすれば、はるえは固く固く守られて、健《すこ》やかに育つはずだ」

季蔵は馬医者から渡された〝はるえ〟の赤い守り袋を握りしめた。

――武藤さん――

八

――武藤さんは手練《てだ》れだったのだ。いつだったたか、出遭ってまもない頃、庇ってくれたあの身のこなしの素早さは、偶然などではなかった――

複雑な想いの季蔵の足は、市中に戻ってきても、すぐには、塩梅屋へと向かなかった。

――それと、練馬の宗之助が夏五郎さんだったのなら、本物の宗之助さんはどこでどうしているのか？　危ない目に遭っているのではなく、自分で身を隠したのだとしても、替え玉を演じていた夏五郎さんの死には、責任があるはずだ――

武藤のことで揺れる季蔵の心は、野もと屋宗之助の身の処し方に憤《いきどお》りを感じていた。

——金で雇った相手に、何があっても知ったことではないというのか？——

この時、季蔵は気づいていなかったが、一時、武藤の仕業と確信している夏五郎殺しを忘れていたかったのである。

季蔵は懸命に、宗之助の財布に入っていた紙切れの文言を思い出していた。

——榎、いや、ちがう、二本榎、そして、桜、大桜。そうだ、二本榎の大桜とあった——

二本榎とは、もともと、根本で二つに分かれやすい榎が、双子のように、すっくと空高く伸びている、一種の奇形榎である。

珍しいものなので、市中に二本榎があれば噂に上っているはずなのだが、季蔵は聞いたことがなかった。

大桜の方は、幹が太く、春に沢山の花をつける桜の古木と解釈すると、かなりの数となる。

季蔵は大桜のある場所の心当たりを歩いてみることにした。

——大桜の近くに、人知れず二本榎があるのだろうが——

どの場所の桜の古木も、葉を落としていて、寒々とした光景である。

一箇所、二箇所と、桜のそばに、二本榎どころか、一本の榎さえも、ありはしないのを確かめていくうちに、大高寺の老住職の哀感を帯びた無表情が、ふっと頭に浮かんだ。

——練馬で起きた一件をはじめ、一部始終を話して、夏五郎さん一家の窮状を訴えれば、あの人も仏に仕える身だ、渋々ではあっても、宗之助さんの行方を明かしてもらえるかもしれない――

季蔵は再び、大高寺へと向かった。

鬱蒼《うっそう》とした林が見えてきたところで、

――わたしが宗之助さんだったとしたら――

閃いて足を止めた。

――寂しいこのあたりなら、二本榎があっても、誰も噂にしないはずだし、桜の花見で賑《にぎ》わうこともないだろう。もちろん、誰の目にもつかない――

この時、

「鬼さん、こちら、手の鳴る方へ。鬼さん、こちら――。鬼さん、鬼さん、おとっつぁん、おとっつぁん」

鬼遊びをしている、子どもの可愛い呼び声が聞こえた。

枯れた背の高い草の間から、人家の垣根が見えている。

迷わずに季蔵は枯れ草を搔き分けて進んだ。

ヒイラギの垣根の棘《とげ》に、拒まれているような気がしないでもなかったが、

「お邪魔します」

大小の人影のある縁先まで歩く。

ぷんと薬じみた枯れた匂いが鼻を掠めた。軒下に薬草が束になって吊されている。

「おとっつぁん――」

五歳ほどの女の子が怯えた声を出し、手拭いで目隠しをしている鬼役の父親の背中に隠れた。

「宗之助さんですね」

目隠しを外した宗之助は、

「お弥江《やえ》、しばらく、おっかさんのところへ行っといで」

男前とはほど遠い、座った鼻の四角い顔を見せた。

「とうとう、鬼に見つかってしまいましたな」

渋面の宗之助に、季蔵は夏五郎の死を告げた。

「そんなことに――」

宗之助は絶句してうつむいた。

――この人には良心がある――

「夏五郎さんとはお知り合いのはずです」

頷いた宗之助は、

「夏五郎さんは殺されたのですね」

念を押してから、

「わたしが今、ここでこうして暮らしている理由をお話しいたします。できれば、この家の外でお願いしたいのですが」

「わかりました」

二人は枯れ草の間に立って話し始めた。

「以前、越中《えっちゅう》の薬屋だったわたしは、昔取った杵柄《きねづか》で、お弥江の母親お菊《きく》と二人で、薬草を商って暮らしています。このあたりは、よく効く薬草が自然に生えているのだが、誰も気づかず、惜しいことだと、大高寺の和尚さんから教えていただいたのです。大高寺には、何百年も前に書かれた薬草の本があって、和尚さんはそれを読み解いておられました」

「和尚さん、あなた、夏五郎さんの三人はどのようにして知り合ったのです？」

「あれは、雨や嵐の多い夏の夕方のことでした。旅から帰ったわたしは雨風に祟られて、一歩も前に進めず、大高寺に宿を乞《こ》いました。炉端《ろばた》で着物を乾かしていると、わたしと同じような濡《ぬ》れ鼠《ねずみ》で、夏五郎さんが入ってきたんです。和尚さんの酒を勧めたいのは山々だが、困窮しているので、茶しか振る舞えないという話から、その晩、わたしたちは、それぞれが抱えている悩みを打ち明けあったのです。役者の夏五郎さんは、足を痛めて以来、舞台を踏めず、とうとう、旅回りの一座からも、無用だと言われてしまい、このままでは、何人もいる子どもたちが飢え死にしてしまうと、今にも泣かんばかりでした。帰りの道中、首を括《くく》りたくもなったそうです。とはいえ、自分が今、ここで死んだところで、骸が銭になるわけでもないので、こうして、生きながらえているのだが、苦労をかけている女房に合わせる顔がない、何と言えばいいのかと悩んでいました」

「それで、あなたはすり替わりを思いついたのですね」

「ええ。わたしと夏五郎さんは似ていません。でも、折良く、その時、わたしはまだ、先代の義父の仕入れ先を廻り始めたばかりでした。ほとんどの仕入れ先が新しい主の顔を知らなかったんです。ですから、夏五郎さんが野もと屋宗之助と名乗っても、誰もおかしくは思わなかったはずです。すでに廻ってしまった何軒かに限っては、わたしが出向きました。夏五郎さんは、〝旦那様、旦那様と、どこへ行っても大事にされる。こんな楽な役どころで銭を貰っていいのかと思うほどだ〟と言ってくれていました」

「そして、大事なお菊さん母子を、越中から大高寺の近くに呼び寄せたのですね」

「わたしとお菊は言い交わした仲でした。ところがわたしは、仲間の使い込みの罪をなすりつけられて、このままでは死罪になると、越中から信濃《しなの》に逃げ延びてきたところ、野もと屋の先代と知り合いました。心《しん》の臓の発作で命が危なかったのを、持ち合わせていた薬でお助けしたんです。先代はすぐにわたしが人に言えない隠し事のある薬屋だと見抜いて、〝わしはもう、さほど長くはないだろう。旅慣れているあんたなら、わしの仕事をすぐに継げる。漬物屋は生涯、美味い漬物を探して、旅から旅なのだからな。娘の婿にしてやる。過ぎた日のことは何も聞かない。その代わり、一心不乱に働け〟と——。夢中で頷いてしまったのは、先代の目が怖いほど真剣で、代官所にでも訴えられたらどうしようと思ったからです」

「お内儀さんのおちせさんとの仲は？」

「おちせは器量好しで働き者で、何より、漬物を漬けさせたら、天下一です。わたしにはできすぎた、申し分のない女房でしたが、お菊が弥江という女の子を産んだと知ると、もう、矢もたてもたまらなくなって——。この頃からおちせとの仲は冷めて行きました。二人を大高寺のそばに住まわせて、夏五郎さんに身代わりをお願いし、その間、お菊と力を合わせて、生えている薬草を探し、干して売る他に、裏庭に薬草畠を拵えたりしていました。決して賑やかな場所には出まいと思っておりましたのに、あの日は大きくなってきたお弥江がどうしても、ここには訪れてくれない獅子舞《しし まい》を観たいと言い出して、親子三人で家を出ました。用心して、わたしと二人は別行動でしたが、わたしは財布を落としてしまって、おちせに問い詰められ、決心して、野もと屋宗之助としての人生を終わりにすることにしたんです。夏五郎さんにはいずれ報せるつもりでした」

「薬草の商いは順調なのですか?」

「儲《もう》かって仕様がないというほどではありませんが、親子三人は充分食べていけます。住職さんにも、売れた薬草の代金の一部をさしあげることができています。今では泊まりの客に酒を出すことができるようになったと、喜んで貰っています。あの時の三人が、それぞれ、悩みを分かち合い、解決し合ってきたつもりでしたが——」

宗之助は両手で顔を被った。

「こんなことになってしまうとは——」

へなへなと崩れ落ちそうになった宗之助は、

「いけませんね、こんなことでは」

しゃんと背筋を伸ばし、大きくない目を精一杯瞠って、唇を真一文字に嚙みしめた。

「今からおちせに文を書きます。どうか、あなたが届けてください。わたしが夏五郎さんの家族とおちせとおちせにできるのは、これぐらいのことしかありません」

それから、半刻（約一時間）ほど、季蔵は枯れ草の中で待たされて、

「これを」

宗之助から文を手渡された。

文は煮売り屋団十の主で役者の夏五郎が、宗之助と入れ替わった経緯の一部始終が書かれていた。その後に、

おちせ、おまえには不実な亭主だった。許してくれと言える道理はないが、できれば、関わって骸となった、夏五郎の家族を助けてやってはくれないか。悪いのはわたしで、夏五郎と家族に罪はないのだから。

それから、わたしのことは決してもう捜さず、死んだことにして墓に葬ってほしい。

不実だったわたしが、こんなことを言うのも何なのだが、おまえにはわたしより、よほど、峰吉の方が似合っている。

日頃からおまえと一緒に働いてきたあの峰吉なら、旅での仕入れだけではなく、漬物の漬け方にも長じていて、先代を凌《しの》ぐ、頼りになる夫、よい主になるはずだ。

先代も死にかけた時、わたしと知り合わなかったら、必ず二人を夫婦《めおと》にしていたので

はないかと思う。ずっとおまえたちは、心に秘めて想い合っていたのだから――。

宗之助

おちせへ

と、書き添えられていた。

これを託された季蔵は、何か大きな力に導かれたかのように周囲を見渡した。枯れ草の生い茂る草地の左斜めに目を馳せると、二本の木が立っている。一本のように見える榎には、雷にもぎ取られた痕があり、もう一方は、小さな小さな、まだ花などつけていない桜の若木だった。その後ろには真っ黒に焦げた大きな切り株があった。

――これが二本榎の大桜なのだな。ここいらは雷が多く、何年か前に見事な花をつける大桜が黒こげになり、次は二本榎の片方がやられた、だが――

「なぜか、桜の新しい芽が吹いてきて育ち始め、真っ二つに折れて、死に絶えているように見えていた二本榎も、春には葉をつけます。わたしには、これが希望のお守りのように思えて、〝二本榎の大桜〟と書き付けて、財布に入れていたんです」

宗之助はひっそりと話を締め括った。

第四話　ゆず女房

一

「雪菜は親指の先ほどに切り揃《そろ》えて。笊《ざる》に入れて、大鍋《おおなべ》で沸かしたたっぷりの湯に通すんです。茹《ゆ》でるんじゃないんです。五まで数えたら、引き上げて、笊の雪菜の上下を返します。また、すぐ湯に通して、五まで数えてください。これを三回繰り返してください。長く湯につけすぎると、雪菜がしなしなになって、辛味が出なくなるんで気をつけて――」

野《の》もと屋《や》の主失踪《あるじしっそう》の一件が落着し、おしんは約束通り、雪菜のふすべ漬けを教えに塩梅屋《あんばいや》を訪れていた。

「この後、湯から上げた雪菜入りの笊に、鍋の蓋《ふた》をして、九十数え終えるまで蒸らすんです。それから、盥《たらい》の水に笊ごとつけて充分に冷やします。後は塩と混ぜて漬けるだけだけど、塩漬けの雪菜がきっちり詰まる樽《たる》に漬け込んで重石《おもし》をします。重石は最初《はな》は、雪菜の二倍くらいの重さで、一晩漬け込んだら、その半分くらいのに替えます。こうしないと、漬かりすぎちゃうんですよ。さあ、ちょっと、漬け込む前の塩雪菜を食べてみて」

勧められて一箸《はし》口に運んだおき玖《く》は、

「やだ、苦い。どうして？」

顔をしかめ、吐き出さないように口を両手で押さえ、何とか呑《の》み込んだ。

「湯通しして、ふすべたすぐは苦みがあるんですけど、これが漬け上がる頃には辛味に変わるんですよ。二晩で食べられます。どうか、お楽しみに」

漬物名人のおしんはふふふと笑った。

樽に重石が載せられたところで、

「本当に野もと屋さんのことでは、わたしの勝手なお願いで働いてくださってありがとうございました」

おしんは改めて頭を下げた。

「それでお内儀《かみ》さん、元気になられたかしら？」

おき玖が訊《き》いた。

仕入れの旅の途中、山賊に襲われて命を落としたとされる、野もと屋宗之助《そうのすけ》の通夜、葬儀が行われたのは、十日ほど前のことであった。

「自分しか店を守る者はいないんだって、あのお内儀さんらしく思ったんでしょうね、前にも増して、気丈に振る舞っておいでです。いざという時のためにしたためてあった、旦那さんの書き置きが、仏壇の引き出しから出てきたのも救いになったみたい」

「あら、どんな書き置き？」

おき玖は気になった。

「ようは、おまえはこれ以上はない女房だった、だけど、自分にもしものことがあったら、店のため、女としての残りの人生のために、迷わず、先を決めるようにと、書いてあったって、お内儀さんから聞きました」

「店のためというのはともかく、女としての残りの人生のためというのが気になるわね。お内儀さん、誰か、想《おも》いをかけてる人でもいるのかしら？」

「あたしは、大番頭の峰吉《みねきち》さんだと思います。二人は幼馴染《おさななじ》みだし、あの年齢《とし》になっても、絵になるくらいお似合いだもの」

「そんなことまで、書き遺《のこ》してくれてたら、亡くなったのは辛《つら》いけど、前を向いて生きていけそうだわ。宗之助さんって、優しい人だったのね。まさに、男の中の男だわ」

　おき玖はため息をついた。

　この時、季蔵《としぞう》は宗之助からの文を読み終えたおちせが放《はな》った言葉を思い出していた。

「どうか、あの人に伝えてください。夏五郎《なつごろう》さんの家族のめんどうは、乳飲み子が奉公に出る年齢になるまで、あたしが責任を持ちます。そして、今日を限りに、野もと屋宗之助は死んだものといたしますと――。それから、この事実は決して口外しないでください。練馬で死んだ宗之助は別人の騙《かた》りだったが、当の宗之助もやはり、別の旅先で死んでいた、山賊に身ぐるみ剝《は》がれて、崖《がけ》から川に投げ込まれるのを、見た者が何人も居たということにします」

毅然《きぜん》とした面持ちのおちせの顔は、もはや、何の感情も止《とど》めていなかったが、季蔵が立ち去る直前に、

「おとっつぁんの気まぐれ、運命のいたずら——」

ふと洩《も》らし、

「あの人もわたしたちも辛かったんですよ」

と続けた。

これを伝え聞いた宗之助は、

「これでわたしの身代わりに死んだ夏五郎さんも浮かばれましょう。何よりの供養と思います」

目を潤ませた。

こうして、この一件の真相は永遠に隠蔽《いんぺい》されたのである。

雪菜のふすべ漬けが食べ頃になった日、使いの者が烏谷《からすだに》椋十郎《りょうじゅうろう》の文を届けてきた。

烏谷

今宵、暮れ六ツ、立ち寄る。

——もしや、あの地獄耳のお奉行様は——

皆の先行きのために、隠蔽した一件の真相を知って、訪れるのではないかと季蔵は懸念《けねん》した。

——いや、違う——

そうであれば烏谷は文など寄越さず、不意打ちのように訪れるはずであった。

——暮れの河豚《ふぐ》尽くしから一月半。お奉行様の食通虫がまた、ぞろぞろと動き出したのだろう——

「肴《さかな》にもなる雪菜のふすべ漬けなら、きっと、お気に入ってくださるわ」

おき玖は漬け上がった雪菜を小皿に取り置いて、箸で摘《つま》んでは口に入れ、

「いいわねえ、この絶妙な辛味」

苦いと叫んで、吐き出しかけたことなど忘れたかのようであった。

「たしかに悪くはない辛味なのですが」

倣《なら》った季蔵は、

「ほんとうを言うと、前にあった苦みも少しなつかしいのです」

「へーえ」

首をかしげるおき玖に、

「多少の苦みは酒が進むものです」

「それなら、あれの搾り汁はどうかしら？」

あれというのは、何日か前、季蔵が留守をしていた間にやってきた武藤《むとう》が置いていった、

籠《かご》いっぱいの柚《ゆず》のことである。

「武藤さんとこの邦恵《くにえ》さん、このところ、柚に凝ってて、毎日、柚売りが立ち寄るほどで、柚の入ったものでないと食べないんですって。でもって、柚が余って仕様がないんだって、武藤さん、苦笑いしてた」

武藤からの到来物と知ると、季蔵のわだかまりは柚にも向いて、なかなか、料理に遣うことができずにいた。

「柚って、蜜柑《みかん》や橙《だいだい》なんかの仲間なんでしょうけど、皮だけじゃなしに、搾り汁にもほんのちょっと苦みがあるじゃない？」

「なるほど」

頷《うなず》いた季蔵は、籠から鮮やかに黄色く色づいた柚を取って、俎板《まないた》に載せて二つに切ると、おき玖が盛りつけた雪菜のふすべ漬けにその汁を搾りかけてみた。

味に満足した二人は、

「味が深くなったって感じるくらいのほどよい、さわやかな苦みね」

「辛味と苦みは引き立て合うんですね」

そこで季蔵は、

「お奉行様には、この漬物と鳥鍋をお出ししましょう」

この日は、まだ何を作るとは決めていなかったが、馴染みの鳥屋から、安くしておくから買わないかという誘いがあって、三吉《さんきち》を鳥屋に走らせていた。

塩梅屋の鳥鍋は、ぶつ切りの鶏肉と豆腐、葱《ねぎ》で仕立てる。出汁《だし》は鶏まかせで鰹節《かつおぶし》や昆布は使わない。

たれは今までは、酢と醤油《しょうゆ》だけだったが、

――河豚の時、橙を使ったのだから――

「鳥鍋のたれにも、柚の搾り汁を加えてみようと思います」

鶏肉は河豚肉に似て、どっしりとした歯応《はごた》えがある。ほろほろと崩れる魚肉をつけるたれには無い、強い個性が必要なのだと季蔵は思った。

――ぱーっと匂《にお》い立つ橙に比べて、柚にしかない独特の苦みが、鶏肉にぴったりと合っている――

「柚に赤唐辛子を合わせてみようと思います」

――酢の代わりに柚を使ったたれだけでは、まだ充分には、鳥鍋の鶏肉の旨味《うまみ》を引き出せているとはいえない――

鳥鍋を供すと必ず、

「鳥鍋の鶏は出汁に旨味が出てしまうせいか、今一つ、味が無い。これなら、叩《たた》いて、団子にした鶏の方がよほど美味《うま》いぞ」

烏谷に小言をもらったことがあった。

「柚と赤唐辛子？　何それ？」

おき玖は目を丸くした。

「完熟した柚には青柚の清々《すがすが》しさはありませんが、唐辛子を合わせれば、気迫がこもって強く香り立ち、あつあつに煮えている、ぶつ切りの鶏肉にも負けないはずです」

この後、季蔵は黄柚の表皮をすりおろし、へたと種を取って刻んで、同様にすった赤唐辛子を合わせ、塩で調味した柚唐辛子（柚胡椒《こしょう》）を作り上げた。

――これで、お奉行様にはもう、鶏団子鍋の方がましだとは言わせない――

夕刻、いつものように、烏谷は暮れ六ツの鐘が鳴り終える前に、

「邪魔をする」

大声を上げて塩梅屋に入ってきた。

「どうぞこちらへ」

離れへと案内するのも常と変わらない。

二

「自慢の品です」

季蔵は柚の搾り汁をかけた雪菜のふすべ漬けを、美濃焼《みの》の小鉢に盛りつけ、恭《うやうや》しく供した。

「何だ、菜漬けではないか」

ふんと鼻を鳴らした烏谷だったが、口に運んだとたん、

「ふむ、これは確かに逸品だ」

箸と酒の両方を進めた。

「これから鳥鍋の支度をいたします」

「鍋は温まってよいが、鶏は――」

「まあ、おつきあいください」

七輪に火が熾《おこ》され、ぐつぐつと鍋に葱、豆腐、鶏のぶつ切りが煮える。

烏谷は酢醬油と梅風味の煎《い》り酒で、ふうふう息を吹きかけながら、葱、豆腐を食べ続けた。鶏肉には箸を伸ばさない。

「鶏はこれで召し上がってみてください」

季蔵は黄柚唐辛子を勧めた。

「考えたな」

烏谷がたっぷりと黄柚唐辛子を使おうとするので、

「量はお控えください」

季蔵は注意した。

烏谷はほんの僅《わず》かな量を煮えた鶏肉に載せて賞味して、

「ほーっ」

これ以上はないと思われる、大きなため息をついた。

「美味い。鶏などというものがこれほど美味いとは――。柚と相俟《あいま》って、辛さと鶏が高貴な風味を奏でておる。この鶏の味が姫君なら、鶏団子は長屋小町といったところだ。今宵は感心したぞ。褒めてつかわす。しかし、なにゆえ、ここまでたれを工夫するという、離れ技を思いついたのか？」

「恐れ入ります」

浅く頭《こうべ》を垂れた季蔵は、

「河豚鍋のたれのことで、お奉行様にお叱《しか》りを受けたのがきっかけでございました」

しめたといった表情の烏谷を上目遣いに見た。

「そうか、そうか」

烏谷の目が光り、膝《ひざ》を乗り出した。

「それで？　あの夜の一件について、何か言いたいことはないか？」

「お奉行様はあの夜、土屋様御兄弟のどちらかの身に、何かあるかもしれないと懸念しておいでだったのでしょう？」

「まあ、世間はそのように噂《うわさ》していた」

「お奉行様の御裁量はお見事でございました」

武藤の顔がちらりと季蔵の頭を掠《かす》めた。

――これ以上、深くは話したくない――

「常のそちらしからぬ話しぶりじゃな」

烏谷は鋭かった。

「武家の跡目争いには、市井《しせい》の者には想像もできぬ闇《やみ》が控えています。とはいえ、すでに武士ではないわたしにはもう縁のない話です。興味もございません」

「しかし、殺しとあらば、わしもそちも、知らぬ存ぜぬはできまいぞ」

烏谷は言い放って、

「秀茂《ひでしげ》様や御家来衆の死は、自害などではなく、何者かに、河豚毒を盛られたゆえだと、わしは確信しておる。決して表沙汰《おもてざた》にはならないが、秀茂様方が煮凝《にこご》りを食されて亡くなられたのは明白。後日、萩屋《はぎや》の主晋右衛門《しんえもん》に、肝や真子等の内臓だけではなく、皮にも毒を持つ河豚もいるのだという話を聞いた」

一瞬、季蔵は応《こた》えに詰まった。

「そちたちは知らずと毒を持つ河豚皮を持ち込まれ、料理させられていたことになる」

「そのようです」

さすがに、知らなかったと惚《とぼ》けることはできなかった。

「後で気がついたのか？」

「はい」

「心当たりは？」

「ございません」

残った煮凝りを食べて猫が死に、顔の違う河豚の頭が、焚《た》き火のあった裏庭で焼け焦げていた話はできなかった。

「わしは当初、そちが二股《ふたまた》をかけたのかと思った」

烏谷の語調は激しかった。

「どういうことでございます?」

言われている意味がよくわからなかった。

「相手がそちゆえ、つい、気持ちが先走った。その話は後に回すことにして、つい最近、野もと屋では主宗之助の葬式を出した。何でも、道中、山賊に襲われて、身ぐるみ剝がれた上、崖から川に投げ込まれたのだという。骸《むくろ》は見つからなかったが、命はないものと見なして、墓に葬ったのだろうが――」

そこで烏谷はじいっと、険しい目で季蔵を見据えた。

――もしや、お奉行様はすり替わりをご存じなのでは?――

不安が季蔵の心を浸したが、目は伏せなかった。

――何としても、この秘密、守り通さねばならぬ――

「野もと屋は妬《ねた》みをかっていた」

烏谷は話を変えた。

「なるほど――」

季蔵はほっとしたが、断じてため息は洩《も》らさなかった。

「漬物は身分の上下なく好まれておる。市中に漬物屋は多いが、大名家や、大奥御出入りまで許されているのは野もと屋だけだ。その誉《ほま》れが評判を呼んで、少々高いが美味いと益々の繁盛だ。誰でも、この程度の贅沢《ぜいたく》はできる。これを妬む輩《やから》がいたとしても不思議はあるまい」

「とすると、野もと屋さんを襲ったのは山賊ではないと？」

季蔵は先を促した。

――まだまだ、油断はできない――

「見ていた者がいたのだから、山賊の形《なり》はしていただろう」

季蔵は烏谷の表情を見極めたかったが、相手はうつむいたままでいる。

「山賊の正体は何なのです？」

烏谷がすり替わりに気づいていない方に賭《か》けた。

「身分の高い者たちのもとめに応じて、働き続ける隠れ者のことだ」

顔を上げた烏谷は言い切って、

「働き続けるは、殺し続けてきたと言い換えられる」

口をへの字に結んだ。

「そのような者がこの世に居るのですね」

赤子をあやす武藤の微笑《ほほえ》んだ顔が目に浮かんで消えた。

「居るという噂を聞いているだけだ。その殺し方は周到で、しくじることはまず無いという。河豚の毒皮での一件で、もしやと思ったのは、わしは以前、病の床《とこ》にあった土屋加賀守様から、御家の今後のために、泣いて馬謖《ばしょく》を斬りたいという話を伺っていたからだ。いっそ廃嫡にしたいほどだという、放蕩《ほうとう》者の嫡男秀茂様の愚痴だった。土屋家の家臣たちは、娘を秀茂様の側室に上げている家老をはじめ、秀茂様派が大半なので、容易には廃嫡などにはできまいという話を、その後、風の便りで知った。廃嫡にできなければ、いなくなってもらうしかあるまい」

「血を分けた父親が我が子を亡き者にしたというのですね」

そんなこともあるかもしれないと、心のどこかで思っていたせいで、正直、季蔵はあまり驚かなかった。

「この時、加賀守様は、〝広いこの世には、馬謖斬りを引き受けてくれる者もいるようです〟と言った」

「わたしをその馬謖斬りだと思われたのですか？」

季蔵は憤然とした面持ちになって、

「お奉行様に秘して、殺しの稼業を兼ねているとでも？　それで二股かけと？」

畳みかけていた。

「萩屋の主は、河豚尽くしの宴を前にして、何者かに襲われている。偶然ではない。馬謖斬りが、主に代わって河豚を料理するために仕組んだのだ。そちの方は、窮している主を見かねてわしが頼んだ。これに企みがないとすると――」

烏谷は、ただでさえ、大きな目を力一杯瞠《みは》って、

「世の中には時にあっと驚くようなことがあるものだ」

ふわふわと笑った。

──お奉行様はご存じなのだ──

「気がつきませんでした」

季蔵は青ざめていた。

──しかし、ここまでだ。わたしの心を操って、知り得ていることを白状させるおつもりなのだろうが、その手には乗らない──

「そちは武藤多聞《たもん》という浪人者と懇意にしておるそうだな。武藤については調べた。この江戸に降って湧《わ》いたような奴で、何一つわからなかった。主家が奥州だというのも偽りであろう。どうだ、裏切られた気分はよくなかろうな」

「ええ」

季蔵は目を伏せた。

「だが、安心しろ。今のところ、武藤をどうこうするつもりはない。過去にどんな殺しをしてきたかは知らぬし、土屋家の一件は真相そのものを闇に葬った。問題は野もと屋だ。これは市井の町人の身に起きたことゆえ、断じて見逃せぬ。幸いにもそちは武藤と親しい。心して、武藤が野もと屋宗之助を手に掛けた証《あかし》を見つけ、奴を成敗せよ」

ぴしりと止めた、烏谷の最後の一言が、鋭い刃のように食い込んで、心が血を流すのを季蔵は感じた。

「わかりました」

三

季蔵は夢を見ていた。

「そこをどけ」

「どきませぬ」

殺されかけていた房楊枝職人《ふさようじ》を庇《かば》ったことがある。

「ならば、もろとも斬るぞ」

相手は人を殺し続けたわが身を恥じて、自害した旗本であった。

〝生きていたのか?〟

夢の中の自分を見ている、もう一人の自分がいる。

——できる——

季蔵がもう、これまでと思わず目を閉じた刹那《せつな》、

「ううっ、な、何者っ」

季蔵は頭上に刀を振り上げている、その旗本に変わっていた。

——足を斬られた——

刀が音を立てて道ばたに転がり、身体がどうっと前のめりに倒れる。

「武藤さん」

武藤が刀を手にして見下ろしている。

その表情に感情らしきものは皆無である。

「武藤さん」

もう一度叫んだ。

しかし、武藤の刀は再び、振り上げられ、瞬時に白い煌《きら》めきを放った。

――夢だったのか――

真冬だというのに目覚めた季蔵は寝汗を掻《か》いていた。

――今の夢はわたしが武藤さんに助けられた時の夢だった。あの時、武藤さんが太い木の枝で相手の足を薙《な》いでくれたおかげで、わたしは事なきを得た。あれも、八のつく日に太郎兵衛《たろべえ》長屋の人たちに、手料理を振る舞っていたのと同様、わたしに近づいて、より深く、市井に融け込むためのものにすぎなかったというのか？――

さらに季蔵は、烏谷から極悪人の大前屋《おおまえや》を成敗せよとの命《めい》を受けて、南町奉行の私邸で厠《かわや》へと相手の後を尾行《つ》けた時、仕掛矢で阻《はば》まれたことを思い出した。

――あるいは近づいてきたのは、わたしの裏の仕事を知って、牽制《けんせい》するためだったのか？　仕掛矢を見たのは、お奉行様のお屋敷でが二度目だった。一度目は武藤さんが居合わせていて、表向きは案じてくれたが、あれは、これ以上、大前屋に関わるなという警告だったのだろう。南町のお奉行様のお屋敷で、あんなことができるのは、わたしに同行して、勝手口から自在に行き来できた、武藤さんをおいてほかにいない――

季蔵は武藤が仕事とはいえ、極悪人を守る側についていたことが情けなかった。

――おそらく、大前屋が頼んだ、殺し屋の元締めの命によるものなのだろうが――この後は、父親が依頼人と思われる、河豚毒による放蕩息子の毒殺、商売仇の奸計《かんけい》である、旅先での野もと屋宗之助殺しと続いている。

――わたしが知らぬだけで、武藤さんが手を汚した殺しはまだ他にもあるのかもしれない。しかし、隣り近所の人たちにあれほど優しいあの武藤さんが、人の命を絶つなど、信じられない――

この日、季蔵は、これ以上はないと思われる、ことのほか重い気持ちで塩梅屋の戸口を潜《くぐ》った。

おき玖が菜切り包丁を使っている。

「柚って、搾って使うことが多いから、皮が余るでしょ。何か、これで一品できないかと思って」

おき玖は薄く薄く切った柚の皮を中鉢に盛りつけて、ざらめ糖をかけて混ぜた。

「あ、これ、いける」

おき玖はうれしそうに笑って、

「季蔵さんもどう？」

小皿に取って箸を勧めてきた。

「ざらめの甘さが柚の苦みといい相性ですね。いい茶請《ちゃう》けです」

つかのま、季蔵は暗い心から解放された。

「お醤油、ちょい、垂らしてみちゃどうかしら？　お酒の間の箸休めにならない？」

二人は柚の砂糖がけに醤油を垂らして味わい、

「さすがです」

季蔵が褒めると、

「おとっつぁんに報《しら》せてくるわね」

おき玖は醤油を垂らした柚の砂糖がけを手にして、離れへと飛んで行った。

――よかった。季蔵さん、いつになく、げっそりしてた顔が明るくなって――

おき玖は、ほっと胸をなでおろした。

それからほどなく、

「邪魔するぜ」

松次《まつじ》が顔を出した。

続いて田端《たばた》が、際立つ長身を戸口で屈《かが》めて入ってきた。

松次とは野もと屋宗之助の通夜で顔を合わせていて、あの一件は落着している。ただし、松次は烏谷同様、ことの真相は知らなかった。

「お寒いですね」

季蔵は頭を垂れ、

「お役目ご苦労様でございます」

おき玖が湯呑み酒と甘酒を素早く運ぶ。

季蔵は二人の前に、おき玖の拵《こしら》えた柚の砂糖がけが入った小鉢を置いた。松次にはそのまま、田端には醤油を一垂らし。

「柚か、いいねえ。何とも言えねえ、元気が出る匂《にお》いだぜ。冷てえ寒空がほんの一時、ぽっと、お陽様《ひさま》色に変わるような気にさせてくれる」

食通の松次は食べ物を評する言葉が豊富であった。常の通り、田端は無言である。箸が動いているのは、醤油を垂らした柚の砂糖がけが気に入っているからだろう。

「身体の芯《しん》からあったまるような、もっとお陽様色がほしいもんだぜ」

松次は首を前に突き出して、季蔵の手元を覗《のぞ》きこんだ。

季蔵は柚の皮を出来得る限り、細かな細切りに刻んでいる。

「いい出汁の匂いがしてるんだがな」

「今日の朝、仕込んだ大根炊きを温め始めたところです」

「お疲れでしょう」

大根炊きの大根は皮を剝《む》いて、輪切りにして半月に割る。これを鍋に入れて、米のとぎ汁をかぶるくらいまで加え、ほぼ柔らかくなるまで茹でて、湯に取り、米のとぎ汁を洗い落として、独特の臭みを抜く。

これを昆布出汁と酒、醤油、塩でゆっくりと煮含める。この時、大根が冷めていると、味がしみ込みにくいので、熱いうちに手早く行う。

冬至の頃食べると、中風にならないと信じられている大根炊きは、冬ならではの人気の品であった。

「待ってました大根炊き」

松次の目は輝いて、

「もしや、柚皮を添えてくれるんじゃ？」

「ええ」

季蔵は微笑んだ。

この後、二人は柚風味の大根炊きに熱中した。

「あっちちち、舌が火傷《やけど》する。美味いねえ、柚が憎いねえ」

松次は繰り返し、田端は相変わらず黙々と箸を遣った。

「ああ、暖まった。極楽、極楽」

二人が箸を置いて、湯呑み酒と甘酒をそれぞれ飲み干したところで、

「まあ、なあ、相手があの錦堂《にしきどう》となると、妙にしゃちこばっちまっていけねえや」

ふと松次は愚痴を洩らした。

扇屋の錦堂は商いこそ大きくはないが、江戸開府以来の老舗《しにせ》で、顧客には将軍家をはじめとする、数限りない大名家、大身の旗本家が名を連ねている。

格式の高さが何よりの看板で、仲立ちする者がいないと、店の暖簾を潜ることさえできないとされていた。

町人の客筋は当然富裕層である。

「錦堂で何かあったのですか？」

「今日の朝、霜の下りた庭で、お内儀のちぐさが死んでたのが見つかったんだよ」

「死因は？」

「今はまだ決めかねておる」

田端が初めて口を開いて、

「首に赤い筋が幾つもあった。紐《ひも》を使って、己が命を絶とうとしたものの果たせず、庭に出ていて、凍え死んだと思われる。昨夜はまた、一段と冷えた」

と続けた。

「てめえんちの庭だろ。家に入ることもできたのに、そうしなかったのは、覚悟して凍え死んだのさ」

松次はあっさりと言ってのけたが、

――覚悟の凍死？――

今一つ、季蔵は得心がいかなかった。

――紐を使うほどの覚悟があれば、不確実な凍死ではなく、包丁や鋏《はさみ》で確実な死を選ぶのではないか？――

「ちぐさというお内儀の行状も気にかかる」

田端が珍しく、死人の人となりに興味を示している。

「年齢の頃は二十歳そこそこ。えれえ別嬪《べっぴん》だが、誰とも、いっさい、口は利かねえ女だったらしい。二十も年齢の違う旦那の扇右衛門《せんえもん》が惚《ほ》れ込んじまって、どっからか、連れてきて、女房にしたんだそうだ。祝言なし、御祝儀なしってこともあって、〃錦堂はあれほどの店なのに、よくも、どこの馬の骨とも知らねえ女を嫁にしたもんだ、冥途《めいど》にいる先代夫婦は怒り心頭に発してるはずだ〃って、そこらじゅうで噂してたよ」

――口が不自由ならば、武藤さんの妻女邦恵さんと同じではないか？――

季蔵は明らかに動揺していた。

四

「その骸は今、番屋にあるのですか？」

「錦堂じゃあ、渋って、急な病で死んだってことにしてえようだったが、田端の旦那が有無《う む》を言わせず、番屋に戸板で運ばせたんだ」

「腰を抜かしかけていた大番頭が、勝手に番屋へ報せたと言って、語気荒く、手代の一人を叱り飛ばしていたのも気にかかった」

「わたしにお内儀さんの骸を見せてはいただけませんか？」

「いいだろう」

田端は立ち上がり、松次、季蔵と続いて塩梅屋を出た。

番屋の土間に横たえられている骸は、掛かっていた筵《むしろ》を取り除《の》けると、はっと息を飲むほどの美形だった。

ただし、整いすぎた小さな顔はどことなく、寂しげで幸薄《さち》そうに見える。

首筋に付いた幾重《いくえ》もの紐の痕《あと》が無残だった。

「自分で紐を握って、何度も締めてはみたが、死にきれなかったんで、凍え死のうと決めたんだろう」

松次は傷《いた》ましそうに呟いた。

——たしかに何度も首を締めている——

季蔵はお内儀ちぐさの華奢《きゃしゃ》な首にじっと目を据えた。

——これは?——

幾重にも重なってはいたが、紐の痕は少しずつずれていて、その一つ、二つが赤ではなく、紫がかっている。

田端が季蔵の目線をなぞって、

「古傷は色変わりするものだ」

ため息をついた。

「この痕を見る限り、ちぐささんは、何度も日を替えて、紐で首を絞め続けていたことになります」

——そしてこれだ——

親指と思われる手の指の痕が、紫と黄色に鬱血《うっけつ》している。

「この紐の痕はちぐささんが自分でつけたものではありません。おそらく、紐の痕もきっぱりと言い切った。

「ちぐさが折檻《せっかん》されていたと申すのか？」

「間違いありません」

「仏は格のある老舗のお内儀だ。女牢に入って、いたぶられてたわけでもねえ――、いったい、これはどういうことだい？」

首をかしげた松次は、

「着ているものを脱がせて、他に傷がないか改めよ」

田端に命じられると、帯を解いて骸を裸にした。

――これは酷い――

思わず、季蔵は目を伏せた。

骸の両腕から胸にかけて、ぐるりと太い線がつながっている。太い線の痕も、また、幾重にも重なっていて、生々しい赤と酷たらしい紫、際立つ黄色が混在していた。

「これは縄の痕だ」

田端は確信して、

「背中を改めよ」

季蔵が手伝って、骸はうつぶせになった。

「こりゃあ――」

松次が絶句した。

蚯蚓《みみず》腫れが折り重なっている。白く盛り上がっている箇所もあった。

「おおかたは呉服尺なんかの物差しが使われたのだろう。白く盛り上がって治っているのは火傷の痕だな。火箸も使われた」

感情を殺した田端の声が響いた。

「世の中には女をいたぶって悦《よろこ》ぶ奴もいるってえ話を、聞いちゃあいる。いたぶられてるうちに、女の方も、そのやり方が好きで好きでたまんなくなるんだそうだが、ここまでとなると、いたぶられる女はたまんねえだろうよ」

目を伏せた松次は、

「可哀想《かわいそう》になあ」

骸を仰向《あおむ》けに直して、脱がした着物を着せた。

季蔵はしばし呆然《ぼうぜん》としていた。

出奔した主家の嫡男にも、残虐な性の嗜好《しこう》があり、町娘を拐《かどわ》かして殺していたことがあった。

——もしや、瑠璃《るり》の身にもこれに似たことが起きていたのでは？　耐えに耐えてきたゆえに、瑠璃は主家の親子が差し違えたのを目《ま》の当たりにして、今のように、ほとんど何もわからなくなり、自分だけの世界に閉じこもってしまったのかもしれない——

「こんな癖が錦堂の旦那にあったとはね。おおかた、いたぶりが過ぎて、あの世に送っちまったんだろうが――。そういやあ、このお内儀はどこぞの馬の骨だったてえ話だが、女いたぶりの悪い癖があったとなりゃあ、合点がいくってもんだ。たとえ家柄が釣り合っても、どこそこの誰々は嫁に貰《もら》えねえだろうから。おぼこの嫁はすぐに実家《さと》へ逃げ帰っちまうだろうし、いずれ、じわじわと悪い噂が立つ」

松次の声が耳元で鳴って、やっと、我に返った季蔵は、

「まだ、決めつけるのは早い。錦堂本人がここまでいたぶっていたとは言い切れぬぞ。目の中に血が滲《にじ》んでもおらず、首の骨も折れていないゆえ、過ぎたいたぶりで死んだのでもない」

田端の鋭い叱責《しっせき》を聞いた。

――たしかに、ここまでのことをしていたら、店の者たちに知られてしまう。何が起きても不思議はないのだから、手代か小僧の一人が番屋に報せることもあったはずだ――

「おまえ、何で死んだのだと思う？」

田端は季蔵を見つめた。

季蔵はちぐさの死に顔をもう一度ながめて、

――酷い傷跡さえなければ、眠ってるようにさえ見える。安らかな死に顔だ――

ちぐさが髷《まげ》に挿していた平打ちの簪《かんざし》を抜き取った。

柄の細い部分を唇にすっと差し入れてみた。

「毒死のようです」

銀の柄が黒く変色した。

着物の襟《えり》のあたりを食い入るように見ると、鼻を近づけ、

「抹茶に混ぜてあったのかもしれません」

緑色の染みの匂いを言い当てた。

「ただし、何の毒かはわかりません」

「この女の死に顔はまさに仏のようだ。以前、これに似た死に顔の骸を見た。阿片《あへん》を飲んで死んだのだ。阿片は、吸うだけなら、心が狂って、じわじわと命が縮むだけだが、飲めば少量で即刻毒死する。苦みと臭みがあるのだそうだが、抹茶なら悟られまい」

「けど、旦那、阿片を持ってる奴なんて普通じゃありやせんよ。いくらあそこの旦那がいたぶり好きでおかしかったとしても、家の蔵に御禁制の阿片を隠してたなんてことがわかりゃあ、もう、大変なことになりやす。考えられねえ」

ため息をつく松次を、

「まずは、錦堂に会うことにする」

田端は立ち上がった。

季蔵は自分も同行したいとまではさすがに言えず、

「自害にせよ、殺されたにせよ、真相が突き止められないと、この方の魂は成仏できない気がいたします。どうか、成り行きをお知らせください。お待ち申し上げております」

頭を垂れて二人を見送った。

帰り道、気がつくと季蔵は太郎兵衛長屋へと歩を進めていた。

――どうしても、今一度、確かめたいことがある――

季蔵は袖の中の、〝はるえ〟と縫い取りのある赤い守り袋を着物の上から握りしめた。

練馬から帰ってきた後、顔を合わせた武藤に、

「今日は、あの〝はるえ〟ちゃんの守り袋の御自慢はなさらないのですか？」

さりげなく訊いてみたことがある。

すると武藤は、

「ほれ、ここに」

〝はるえ〟と縫い取りのある赤い袋を出してきて見せて、

「こればかりは、いつでも自慢する。すればするほど、はるえが元気に育つような気がするゆえな」

珍しく高く笑った。

――だが、以前、親子三人が持ち合わせているという守り袋の布は絹だったが、あの時、見せてくれたものは木綿だった――

季蔵は守り袋が別物であることを見破っていた。

――だが、白い糸で〝はるえ〟と縫い取られた、そっくりの守り袋がこの世に一つとは限らない――

季蔵は僅かな偶然に賭けていた。

――たまたま、下手人にも想い人か、女の子がいて、〝はるえ〟の守り袋を落としていって、武藤さんは全く関わりなく、親子揃いの守り袋を無くしてしまい、縁起を担いで、急いで作った――

そう考えたい一方、

――ならば、萩屋の一件も、武藤さんではない、闇の手がなし得たというのか？　だとすれば、そやつは人ではなく煙だ――

拭い去ることのできない、重い疑いが頭をもたげてくる。

武藤を信じたい気持ちと、信じることのできない真実との間に、季蔵はもう何日も揺れ続けていた。

太郎兵衛長屋の武藤の住まいの前に立った季蔵は、

「お邪魔いたします」

声を掛けた。

五

油障子が軋《きし》む音だけが聞こえて、赤子を背負った邦恵が応対に出た。

「武藤さんはお仕事ですか？」

邦恵はにっこり笑って頷いた。

出遭った時は、痩《や》せぎすで、どことなく、ぴりぴりした印象の邦恵だったが、周囲の人たちに馴染み、子を産んで、日々の暮らしに一段と張りが出たせいか、今では、口をきかないことが不思議に思えるほど、溌剌《はつらつ》として見える。

――武藤さんは、柚の料理しか食べないと案じていたそうだが、大事はないようだ――

邦恵は親指と人差しで、柚の大きさほどの丸を作って見せて首をかしげた。

「いただいた柚は、重宝に使わせていただいています」

季蔵の言葉に邦恵はうれしそうに笑って、手ぶりで、どうぞと中へ入るよう勧めてくれた。

「いい匂いだ」

武藤の長屋へと続く、角を曲がった時から、柚の馥郁《ふくいく》たる芳香が流れてきていた。

強烈な香りは、大きな土鍋一杯の煮上がったばかりの柚の丸煮から立ち上ってくる。

大きなすり鉢が赤味噌と白味噌に分けて準備されていた。

――これは柚味噌だな、しかも、白と赤――

柚味噌は米のとぎ汁に一晩つけ、汚れを取って水洗いした柚を丸ごと、土鍋でことこと半日以上煮て、とろとろになったところを裏漉《うらご》しし、味醂《みりん》と合わせた白味噌、味醂にざらめ糖も加える赤味噌各々《おのおの》と、よくすり混ぜて仕上げる。

「手伝いましょう」

季蔵は根気のいる、柚の丸煮の裏漉しに手を貸した。

「こんなに沢山作るのは、長屋の皆さんへのお裾《すそ》分けですか？」

こくんと頷いた邦恵は、厨《くりや》の奥にある大きな瓶二つを指さした。

「なるほど、あそこにも、お裾分けが仕込まれているのですね」

季蔵は瓶に近づくと、邦恵の許しを待って、蓋を開けた。一方の瓶の中はどろりと柚色に固まっていて、よく目を凝らすと、底を柚の種が覆っている。

――柚の種で作った美顔水を、主家の奥方様が欠かさず使っておられた――

この美顔水は皮膚に艶《つや》が出て、白くなり、染みやあばたも薄くなると言われている。火傷や虫さされの痕を、目立たなくする効能もあると伝えられている。

もう一方は、何と柚酒の瓶であった。

柚味噌の要領で米のとぎ汁で洗い清めた柚を、よく水気を切って、へたを取り、輪切りにして、氷砂糖、麦焼酎《むぎじょうちゅう》と共に瓶に仕込む。

控えめに後ろから肩を叩かれて、振り返ると、邦恵が、柚と大根が香り立っている湯呑みを手にしていた。

「柚大根まで――」

季蔵はゆっくりと飲んだ。

皮ごと八等分した柚と大きめの角切りにした大根を、漬物のように、交互に口の広い瓶に詰めて、蜂蜜《はちみつ》を加え、二、三日して、湧いて出てきた汁を飲むと、風邪の予防や喉《のど》のかれ、咳《せき》に素晴らしい効果があるとされている。

邦恵が小鉢に取って勧めてくれた、柚と蜂蜜風味の大根も美味な滋味であった。

——柚に限って料理上手とは——。それにしても、邦恵さんはここまでの柚使いをどこで覚えたのだろう——

季蔵は不思議に思えた。

柚にのめり込む前の邦恵は、武藤の手伝いに徹していたからである。

次に邦恵は裏から、一晩、とぎ汁に浸した柚の入った盥を運んできた。水気を切った柚を一つずつ、丁寧に柚釜《ゆずがま》に作っていく。

これも季蔵は手伝った。

包丁を横に滑らせて、上の五分の一ほどを切り取って蓋にし、わたを含む中身を綺麗《きれい》に取り出す。

ざらめを利かせた甘めの柚赤味噌を小鍋に取り、刻んだ胡桃《くるみ》、白い炒《い》り胡麻《ごま》、道明寺粉《どうみょうじこ》を加えて火にかけて練る。これを柚釜に詰め、柚の蓋を被《かぶ》せて、用意していた細い竹の皮で十文字に結ぶ。

——今度はゆべしなのか——

季蔵は唸《うな》った。

この後、ゆべしは蒸籠《せいろう》で半刻（約一時間）ほど蒸し上げられ、一晩寝かせて、和紙に包み、風通しのいいところに吊して、三月以上充分に乾燥させて仕上げる。

薄切りにして肴や菜にしたり、茶請けとしても喜ばれる。

季蔵が蒸籠に貼りついている間、邦恵は季蔵に背を向けて白い紙に筆を走らせている。

――せっかくのゆべしがカビたりしないよう、厄除《やくよ》けなのだろう――

そう思って邦恵の肩越しに眠っているはるえに触らぬよう、そっと覗き込むと、邦恵は描いた富士の山に添えて、神仏とは無縁な以下の言葉を書き連ねていた。

柚屋惣兵衛《ゆずやそうべえ》　柚屋惣兵衛、柚屋――

やがて、しんと静まりかえった家の中で、邦恵の呟《つぶや》く声が聞こえた。

「柚屋惣兵衛、柚屋惣兵衛」

――邦恵さんは生まれつき口がきけなかったのではなかった――

邦恵は頭を上げずに、一心不乱に和紙に書き続けている。

柚屋惣兵衛、柚屋惣兵衛――。

そして、

「柚屋惣兵衛、あたしの愛《いと》しい男」

邦恵の声が潤んだ。

――何ということだ――

季蔵はゆべしが蒸し上がったところで、蒸籠を下ろし、目笊に上げると、そっと勝手口から出て行った。

その際、戸口に廻《まわ》って、建て付けの悪い油障子の隙間《すきま》に、あの守り袋と、以下のように書いた紙を添えて挟んだ。

季蔵

練馬へ行ってきました。

この時、季蔵は武藤が邦恵を柚屋惣兵衛という相手から、略奪して我がものとし、今あるのでなければいいと願わずにはいられなかった。

——せめて、それだけはあってほしくない——

翌日、昼過ぎて、松次が一人訪れた。

「もう、頭がかんかんの薬罐《やかん》になっちまってな」

松次は甘酒をがぶ飲みにして、柚の砂糖がけを貪《むさぼ》るように食べた。

「錦堂さんとはお会いになれましたか？」

「会えてたら、ここまで怒っちゃいねえぜ」

——田端様までが一緒で会えないということは、これはよほどの相手なのだ——

「田端の旦那の面目だって丸潰《まるつぶ》れだよ。錦堂は商人で、町方が入れねえ決まりのお武家じゃねえんだから」

「まさか、門前払いというわけではなかったのでしょう？」

「大番頭が出てきたさ」

「その方からの話は聞けたのですね」

「それがねえ――」

甘酒の飲み過ぎで松次は、一つ大きなゲップをした。くしゃと歪《ゆが》んだ顔に、まだ、怒りがたぎっている。

「のらくらしてるんだよ、そいつがまた――。ちぐさについても、酷《ひで》えこと言いやがるし――」

「酷いこととは？」

「最初、お内儀のちぐさについちゃ、知らぬ、存ぜぬの一点張りだったんだ。自分は商いで雇われてるんだから、主夫婦の内々のことは知らねえってね。店の中のことは庭先の塵《ちり》一つまで知り尽くしてる、古狸《ふるだぬき》みてえな白鼠《しろねずみ》の癖に、ったく、白々しいったらねえ」

白鼠とは妻子を持たず、一生の忠義を、店に住み込んで捧《ささ》げる奉公人のことである。

憤懣《ふんまん》の吐き出しが一区切りつくと、

「田端の旦那はよ、あの通り、きちっと理詰めでものを言うお方だろ。いつもの流儀で、首の締め痕や、身体の傷や縄の痕、阿片による毒死のことを言ったんだ。大番頭の慇懃《いんぎん》無礼に辟易《へきえき》してた俺は、聞いてて、やったあ、ざまあみろとせいせいしたよ。もうすぐ、下手人かもしんねえ、主が出てきて、見苦しい申し開きをするんだとばかり思って、正直心待ちにしてた。ところがさ――」

松次は飲み過ぎだというのに、おき玖に向けて、甘酒の湯呑みを呷《あお》る仕種《しぐさ》をした。

「よほど、腹に据えかねる申し開きだったのでしょう？」

「まさか、お内儀さんが死んだのは、自業自得だったなんて、言ったんじゃないでしょうね」

　おき玖が眉《まゆ》を吊り上げた。

　お内儀とは名ばかり、無残にも、性の道具にされていた同性の話は、おき玖にはあまり聞かせたくない話だったが、昨日、今日と居合わせている。

「当たり」

　松次は言い切って、

「ちぐさってえのは、口がきけねえんで、見かけは大人しいが、男好きで、とことんだらしなかったってえ話を、大番頭の奴から、延々と聞かされちまった。習い事に出る、買い物に出るといっちゃあ、どっかにしけこんで、やりたい放題だったってえ話さ。ちぐさはいたぶられ好きが過ぎてて、はじめは、面白がってた主も、このところは、退《ひ》いてて、床《とこ》を共にしねえでいたんだと。そのうち、弾みでちぐさを殺しちまっちゃなんねえって、自分で自分を案じてのことだそうだ。ちぐさが阿片で死んだのは、どこぞのごろつきか、入《いれ》墨者《ずみもの》と知り合って、そいつにも、阿片にも、馴染んだ挙げ句のやっぱし弾みだろう、錦堂とは何の関わりもねえ――。ちぐさは好き者の疫病神、ずっとこの一点張りだった」

六

――あれだけの傷をつけられて悦んでいたとはとても思えない――

「ちぐささんの身の回りの世話をしていた者に話が聞ければ――」

呟いた季蔵に、

「そいつは合点承知さ。番屋にちぐさが死んでることを届け出た手代の松吉《まつきち》って奴が、買い物やら稽古《けいこ》やらに付いて行ってたそうだ。おおかた、それで情が移って、後先考えねえで、止《や》むにやまれず、届けてきたんだろうよ。ただし、松吉はもうとっくに暇を出されてた。こいつも臭うだろう？」

「ぷんぷん臭うわ」

おき玖が代わって応えて、

「松吉って人さえ見つかれば、ちぐささんの自業自得にはならないかもしれないのに――」

「大船に乗った気でいてくれ」

松次は自分の胸に拳《こぶし》を当てて、

「お店《たな》を追い出された奉公人が、いの一番に足を向けるところは、口入《くちいれ》屋だ。次の奉公先を探さなきゃ、おまんまが食ってけねえからな。口入屋の数は一膳飯屋より多くはねえ。こいつを当たってけば、どこかに必ず松吉の名が残ってるはずだ。そして、次に立ち寄るところってえとなると、暇を出された憂《う》さ晴らしをする、安い飲み屋だが、昼間から憚《はばか》らずに酒を出す店となると、これまた、星の数ほどはねえ。松吉が名を残した口入屋の近くとなりゃあ、そう手間もかからず、見つかることだろうよ」

「さすがです」

季蔵は心から感心した。

「だから、もうぼちぼち――」

その後、松次は幾分、苛立ちながら、一刻ばかりの時を過ごした。

吉報が戸口に届いたのは八ツ刻近くであった。

「親分、わかりやした」

下っ引きの若者が、

「松吉は小松町のかど屋ってえ、飲み屋にいやす」

息を切らして走り込んできた。

「ご苦労だったな」

松次は駄賃を与えて返すと、

「それじゃあ――」

立ち上がった。

「わたしもお供させてください」

季蔵は三吉に仕込みの残りを言いつけて松次と共に松吉がいるというかど屋へと向かった。

小松町のかど屋は、裏店《うらだな》三軒をぶち抜いた土間に、筵《むしろ》を敷いただけの店で、むっとする安酒の匂いと、仕事にあぶれてやさぐれた、何人もの男たちの憤懣が立ちこめている。

割れるような大声が聞こえた。

「大体、あの錦堂の旦那ってえのはよう、家柄だ、格式だって自慢が顔になったような奴だが、女房まで銭儲《ぜにもう》けの道具にしてやがるんだ。一目見た時から、血までがちがちに凍ってやがるって俺は思ったよ」

真っ赤になって、口角泡を飛ばしているのは童顔の松吉である。

「滅多な話はしねえ方が身のためだよ。ここだって、誰が聞いてるかわかんねえんだからら」

近くにいた男の鬢《びん》には、白いものが混じっている。

「いいじゃねえか、俺の勝手だ」

松吉が相手を睨《にら》み付けた。

「あんたはよくても、みんなは迷惑だ」

相手も酔眼を据えた。

今にも喧嘩になりそうな雲行きである。

「まあまあ」

いつ月代《さかやき》に剃刀《かみそり》を当てたかわからない中年者が仲裁に入って、

「ここの酒は不味《まず》いが懐具合を気にせずに、心地よく酔える。極楽、極楽。仏様の前で仲違《たが》いはよくありませんよ。そもそも、ここは愚痴の溜《た》まり場みたいなとこなんですから、許してやらないと――」

まずは年配の男を宥《なだ》め、

「あんたも暇を出された主の悪口を、あしざまに言うのはいいが、店の名はもう、口の端に出さないでください。手入れでも入って、この店を潰されでもしたら、わたしたちの行き場所がなくなっちまう。昼間からずーっと飲んで、酔い潰れたら、寝かせてくれるとこなんて、そうはありゃしません」

松吉を諫《いさ》めた。

年配の方はうつむいただけだったが、

「へ、へい。わかりました」

奉公の癖が抜けず、頭を垂れた松吉だったが、もともと酒に弱い性質《たち》なのか、頭から突っ込むように、筵の上に倒れこんでしまった。

「ここにいたのか、捜したよ、松吉さん」

草履を脱いだ松次が筵を歩いて、松吉を助け起こした。季蔵は後ろに控えて従った。

「駄目だねえ、こいつときたら、酒に弱いのにこんなに飲んで——」

ため息をつく松次に、

「あんたは?」

白い鬢の男の目が光った。

「こいつの縁者だよ。早くに両親《ふたおや》が死んじまったんで、親代わりだ。どうしているのかと、気にかかって、奉公先に立ち寄ったところ、暇を出されたって聞いた。ここのことは、ずっと昔、俺も奉公先をしくじって、自棄《やけ》になってた時によく来たんだ。その話をこいつにしたことがあるんで、もしやと思ったのさ」

松次の十手は羽織の下である。

「そりゃあ、よかった」

二人を仲裁した男が、前歯の抜けた歯茎を剝《む》きだしにして笑い、

「早く、連れて帰ってやってください。そうしないと、わたしたちみたいにここに根が生えちまう。長い間には酒で歯も生気も溶けるんです。とにかく、いけませんよ」

松次を促した。

季蔵は正体のなくなった松吉を背負った。

「わたしのところでいいでしょうか？」

松次の家までは距離がある。

「悪いな」

こうして、松吉は季蔵の長屋で介抱され、眠り続けた。

季蔵が客の少ないときを見計らって、塩梅屋から長屋へ戻ってみると、

「竈《かまど》を使わせてもらったよ」

松次が芋がゆを炊いていた。

早くに妻をなくし、一人娘が遠くへ嫁入って、一人暮らしの長い松次は、食通であるだ

けではなく、なかなかの料理上手であった。

「俺も腹が減ったが、やつも酒だけでは持たねえだろうが」

――唐芋《からいも》の残りが一本あってよかった――

芋がゆは米を粥《かゆ》に土鍋で炊く間、皮付きのまま、一口大に切った唐芋を水に晒《さら》しておく。

半刻ほど煮た半煮えの粥に、唐芋を加えて煮上げ、塩で調味する。

「そろそろ、酔いが醒《さ》めてもいい頃だぜ」

芋がゆの炊ける匂いの中で松次が声を掛けると、

「はっ、はい、ただ今」

奉公先での夢でも見ていたのか、目覚めた松吉が、がばっと蒲団《ふとん》の上に起き上がった。

――奉公先では馬鹿がつくほど、生真面目《きまじめ》で通っていたはずだ。暇を出された理由はただ一つ――

季蔵は松吉が気の毒に思えた。

「おいおい、ここはお店《たな》じゃねえよ」

松次は苦笑って、

「まあ、食ってみろや」

飯椀に芋がゆをよそい、箸を添えて差し出した。

「あ、でも――」

松吉は眉を寄せて口を両手で押さえた。

「二日酔いなら冷めてからの方が美味いな。後にするとしよう」

松次は飯椀と箸を引っ込めた。

「水、水をください」

三度、四度と松吉の懇願を叶えた後、十手を相手の目の前にちらちらさせ、自分たちが捜していた理由を告げた。

「ほ、ほんとうなんですね」

松吉の青い顔が輝いて、

「てまえもそうだと思ってたんです。お内儀さんは殺されたんだって。だから、すぐに番屋に報せました。暇は出されましたが、悪いことをしたとは思っていません」

きっぱりと言い切った。

「もしや、あなたはお内儀さんを？」

季蔵の問いかけに、

「片想いでしたが、お慕いしていました。お内儀さんはあんなに綺麗なのに、始終、酷い目に遭っていたんです」

松吉は片袖を探り、

「ああ、よかった、失《な》くしてはいなかった」

桜の花と鶯《うぐいす》の柄の首巻きを取り出して、

「これをお内儀さんは常に首に巻いて、傷跡を隠していたんです」

傷ましくてならなかったという様子でうつむいた。

「ちぐさの首や身体の傷は残らず視《み》た。あれについて、心当たりはないか？　想っている相手のことなら、何でも気にかかって、主夫婦の部屋を、覗いてみたこともあったんじゃねえのかい？」

松吉は頷く代わりに、

「旦那様は獣のようでした。お内儀さんの首をぐいぐいと絞めて、〝いいか、俺に逆らったら、殺してやる。おまえだけじゃないぞ〟と言っているのが聞こえました。その後は、とても――」

「そんなことが毎日でしたか？」

季蔵は訊いた。

「いいえ、狙《ねら》いは折檻のようでしたので、三月に一度ぐらいで――」

「ならば、首の傷跡が治る暇はあるはずですが」

――どうして、常に首巻きをしていたのだろう？――

「店の者は決して洩らさないでしょうが、お内儀さんの、買い物や習い事は泊まりを伴っていました。長い時には二日、三日。てまえがお送りして、お迎えにあがる役目でしたが、お送りする時のお内儀さんは追い詰められた兎《うさぎ》のように、震えていて、お迎えの時は、駕《か》籠《ご》に乗るのもやっとやっとのほど、ぐったりと疲れておいででした」

季蔵は松次と目を見合わせて、

——どうやら、この女いたぶり、錦堂一人が楽しんでいたわけじゃあなさそうだ——

——闇は深いですね——

「どこへ買い物や習い事に行ってたか、教えてくんな」

松次は手控え帳を開いた。

「これでやっと、お内儀さんの仇《かたき》がとれるんですね」

「そうともさ」

「わかりました」

松吉は思い出すままに、店や武家屋敷の名をあげた。

途中、松次は、

——これは、てえへんだ——

あわてふためいた。

名をいえば、誰でも知っている老舗や名家ばかりだったからである。

——しかし、事実です——

季蔵は突き上げてくる静かな怒りに身を任せていた。

——この事実、是非とも、お奉行様にお伝えしなければならないが、問題はこの中に、果たして、ちぐささんを殺した下手人がいるのかということだ。目星をつけておかねば、人心の混乱を招くゆえ、詮議無用と言われかねない——

「覚えてる限りはこれで仕舞いです。この中の誰かが、自分たちの恥ずかしい振る舞いを隠したくなって、お内儀さんの口を封じたんですね。料理のできる浪人者まで使って――」

ほっと息をついた松吉の言葉に、

――料理のできる浪人――

季蔵はどきりとした。

「手を下したのはその浪人だと？」

訊かずにはいられない。

「旦那様が臨時に雇い入れたんですよ。お内儀さんは夜に、点《た》てた薄茶を召し上がるんで、それに合う菓子を作らせるということでした。この時季のことなので、その浪人が作ったのは柚の香餅でした」

――柚の香餅――

柚の香餅は、薄力粉と白砂糖、水に、すり下ろした柚の皮を加えたタネを、平たい鉄鍋で丸く焼いて、二つ折りにした中に、俵《たわら》形に丸めた白こしあんを入れ、上下を柚の葉で挟んで仕上げる。

――よりによってあの柚とは――

「てまえはあの浪人が薄茶か、柚の香餅に眠るように死ぬ毒を、入れたに違いないと思います」

「どんな様子の浪人でした？」

「用心棒が務まるようには見えないし、姿形も人並みで、どこにでもいるような浪人者でした」

——武藤さん——

季蔵の心が絶望の叫びを上げた。

七

松吉はほどよく冷めた芋がゆを腹に納めると、

「それから、気になったのは——」

強いられる買い物や習い事の帰り際に、ちぐさが立ち寄っていた光徳寺の話をした。

——光徳寺といえば、安徳和尚の寺と同じ名だが——

「もしや、芝にある光徳寺ですか？」

「そうです。愛宕山《あたごやま》近くの旗本屋敷にお迎えにあがった時、お内儀さんの首の傷は真っ赤に腫れていて、痛々しく、気分を悪くされていたのです。熱もおありのようでした。帰り着くまでに、何かあったらいけないと思い、てまえは近くにあった光徳寺に駕籠を止めさせたのです。光徳寺のご住職には、手当の心得があると聞いていたからです」

——先代も隠れ者の仕事で、深い傷を負った時、安徳和尚に助けられたのが長い縁の始まりだった——

「以来、お内儀さんは光徳寺を訪ねられるようになりました。もちろん、旦那様には内緒です。てまえが告げ口するわけもありません。長くいては怪しまれるので、ほんの四半刻（約三十分）ほどしか、過ごされてはいませんでしたが、光徳寺から出てくる時のお内儀さんの顔には、曰《いわ》く言い難い安らぎがおありになりました。てまえはその顔を見ると自分のことのように、救われた気がしました」

松吉はちぐさを偲《しの》んでむせび泣きつつ、再び寝入ってしまった。

「しようがねえ奴だな。手代のくせに小僧みてえな顔して、眠っちまった。可哀想なお内儀に惚れたのも初心《うぶ》だからだろう。眠れるんならうんと眠っちまいな。人は寝てるうちに、嫌なことのおおかたは忘れる」

「松吉さんが明かした人たちのことは、どうなさるおつもりです？」

「俺が田端の旦那に申し上げて、旦那がお奉行様にお報せする。それだけのことさ。そっから先のことは、闇といやあ闇だが、下々のはかりしれねえ話だ。心配なのは松吉だ。これだけのことを知ってると、錦堂の連中に何かされるかもしんねえ。当分の間、俺んとこに置くよ」

松次は松吉が目覚めるのを待って、

「さあ、もう起きて、歩くんだよ」

「ば、番屋に引き立てられるような悪いことはしてません」

「番屋じゃあなくて俺んとこだよ。ここよりちょっとは広いんで、おまえの寝る蒲団も延べられる。俺んとこで腰を据えて、いい奉公先を見つけるんだ」

「あ、ありがとうございます」

松吉は何度も何度も頭を下げながら、松次と共に季蔵の長屋を出て行った。

――ちぐささんは安徳和尚と何の話をしていたのだろう――

季蔵は外が白み始めるのを待って、光徳寺へと向かった。

山門を入ってすぐの本堂から、安徳の唱える経が聞こえている。

「南無阿弥陀仏《なむあみだぶつ》、南無阿弥陀仏、極楽浄土、極楽浄土、南無阿弥陀仏、南無阿弥陀仏、極楽浄土、極楽浄土――」

〝南無阿弥陀仏〟も〝極楽浄土〟も、共に、死者の成仏が強く祈られている。

季蔵は下駄を脱いで本堂の扉を開けた。

僧衣を着けた安徳の背が振り返る。

「季蔵さんであったか」

驚いた様子はなかったが、いつもは、にこにこと笑っている丸い顔に、笑みはこぼれていなかった。

「すまぬな、この何日か、朝粥を炊く気がせんのだ」

ため息をついた安徳のふっくらしている頬が、幾らか削《そ》げたように見える。常の安徳は、味噌納豆を手作りするほどの食通であり、朝粥は梅干しなどではなく、この味噌納豆で食べるのが一番なのだという話を始めたら止まらない。

「朝粥をいただきにまいったわけではございません。実は錦堂さんのお内儀で亡くなられたちぐささんのことで――。ここにいらしていたと、外出の送り迎えをしていた手代さんから聞いたところです」

「ほう」

安徳は、まじまじと季蔵の顔を見つめて、

「あなたがここを突き止めたのは、おそらく、先代の長次郎さんの思《おぼ》し召しであろう」

安徳は長次郎が隠れ者だったと察していた。おそらく、季蔵のことも――。

「錦堂のお内儀が死んだことは、扇子職人で、錦堂の下請けをしている檀家に聞いて知ったばかりだ。これから仏の道を歩もうとしていたというのに、何とも痛ましい限りだ」

――打ち明け話ができたちぐささんは、口がきけなかったのではなかった――

「ちぐささんは髪を下ろそうとしていたのですか？」

「そうだ。ちぐささんはお内儀と呼ばれていただけで、実は男たちの邪《よこしま》な色欲の餌食《えじき》にされていた」

季蔵は番屋で見た、全身の傷跡のことを告げた。

「そうであろうな、首だけでもあれほどであったのだから」

「なにゆえ、ちぐささんはそのようなことになったのですか？」

「伊勢参りの途中を掠《さら》われたのだ。故郷《くに》は上総《かずさ》だと言っていた」

「錦堂に落ち着いてからは、逃げようと思えば逃げられたはずです」

「下卑証文というのがあるそうだ。それには、一度証文を取り交わして、人ではなく物になった以上、生かすも殺すも持ち主の勝手で、見ざる聞かざる言わざるに徹すること、これを下卑が違《たが》えれば、罪は一族郎党に及ぶとされている。どんなところにいても、草の根を分けても捜し出して、下卑の当人だけではなく、一族は根絶やしにされる、というような証文に血判を押させられたと言っていた」

「そのような非道な証文をお上が許しているとは思えません」

「拙僧もそう思った。下卑証文は掠った女たちを縛るためのでっちあげだ、と言って聞かせ続けて、少しずつ、ちぐささんは縛りから解き放たれかけてきていた。下卑証文が嘘八百で、郷里の両親や弟、妹たちに害が及ばぬのなら、鎌倉の縁切寺へ逃げ出して、鬼のような亭主と離縁し、仏の道に入りたいという望みを抱くようになっていた。強《し》いられたものとはいえ、浅ましい肉欲に翻弄《ほんろう》され尽くした我が身をいたく恥じていた。たとえ錦堂や好き者たちから解き放たれたとしても、地獄の責め苦の過去は消えず、すがって、心の平穏が得られるのは、仏様の掌《てのひら》だけだというのだ。それでちぐささんは拙僧に、金子《きんす》を預けるようになった。相手を下卑と見なして、外道《げどう》の楽しみにふける者たちにも、多少の気遣いはあって、錦堂には内緒で、ちぐささんに小遣いが渡されていたのだ。金子は鎌倉行きの駕籠代にもなるし、これからの暮らしの助けにもなる」

安徳は傍《かたわら》にあった文箱《ふばこ》をそっと開けた。中には小判や二分金がばらばらと入っていた。

「もう、少しというところだったのに――」

目を伏せて、もう一度、

「南無阿弥陀仏、南無阿弥陀仏、極楽浄土、極楽浄土」

を繰り返した安徳は、

「あなたに先んじて、昨夜、ここへ、ちぐささんについて聞きにきた御仁がおいでだった。浪人さんだった。思い詰めた目をされていたが、悪い御仁ではないとすぐわかった。遠縁の者だとおっしゃったので、拙僧はあなたに話したのと同じ話をした。なぜか、酷く打ちひしがれた様子になって帰って行った。せめてもの供養にと、位牌《いはい》に見立てたこの文箱に供えてくれた柚の香餅は、桜餅とはまた違った風味でたいそう美味であった。おそらく、ちぐささんの好物であったのだろう」

武藤の訪れを話した。

――ここで武藤さんは、自分が殺してはならない相手を殺してしまったと、思い知らされたはずだ――

「ところで、ちぐささんは覚悟の自害なのかな？」

最後に安徳は季蔵を見据えた。

「いえ」

「そうであろうな。あれほど、解き放たれた後のことに望みを託していたのだから――」

珍しく安徳の目が怒り、

「ちぐささんの希望を殺した相手にこそ、仏罰が当たる」

おごそかに言い放った。

光徳寺を出た季蔵は武藤一家が住む、太郎兵衛長屋へと急いだ。

――土屋家の御嫡男にも、身代わりだとわからずに殺してしまった夏五郎さんにも増して、ちぐささん殺しは救いがない。仏罰は武藤さん自身が自分に与えてしまうのではないか？――

案じられた。

「武藤さん、武藤さん」

油障子の前で大声を出したが応えはなかった。

「おや、塩梅屋さん」

井戸端に水を汲みにきた老爺《ろうや》に声を掛けられた。太郎兵衛長屋には先代の頃から、熟柿《ずくし》と呼ばれる特別な熟《う》れ柿を人数分、届けているので、季蔵の顔は知られている。

「武藤さんのところはお留守ですか？」

「武藤さんたちなら、ここを出た先のお地蔵様のところですよ。お子さんが生まれてからというもの、毎朝、必ず三人でお参りに。まあ、お地蔵様は子どもを守るというからね」

応えてくれたのは、一緒にいた老婆の方だった。こちらも水を入れる瓶を抱えている。

「大変、大変」

精一杯走っているのだが、腰がくの字に曲がった、もう一人の老婆がよたよたと歩いて寄ってきた。

「目つきの悪いお侍たちが、武藤さんの居場所を教えろって、この先で凄《すご》まれちまって、あたしゃ、仕方なく、お地蔵様のところだって言っちまったんだ。だって、今にも刀を抜いて、斬りかかってきそうな勢いだったもんだから――」

その老婆は身体だけではなく、言葉も震えている。

――大変だ――

季蔵は長屋の木戸門を出て、老婆に教えられたお地蔵様に向かって走った。

二十間《けん》（約三十六メートル）ほど先に、浪人者に取り囲まれた武藤と赤子を抱いた邦恵が、赤いよだれ掛けを着けた地蔵を前に立ちすくんでいる。

浪人たちの数は五人。

多勢に無勢、如何《いか》に武藤が手練《てだ》れであっても、守らなければならない妻子も一緒とあって勝ち目はなかった。

――わたしが来ていることは、連中に気がつかれていない――

咄嗟《とっさ》に季蔵は近くに落ちていた太い木の枝を手にして、力の限り駆け出した。

浪人者たちの刀が抜かれたのと、季蔵がまず、一人の頭を力一杯、木の枝で叩いたのとはほとんど同時であった。

ううと呻《うめ》いて刀を手にしたまま崩れ落ちた相手の刀を、素早く奪い取った武藤は、斬りかかってきたもう一人を、肩口から心《しん》の臓めがけて斬り下げて斃《たお》した。

その間に季蔵は頭を殴られまいと、振り返っている三人目の腰を思い切り薙《な》いで倒すと、投げ出した刀を手にした。

残るは二人。

刀と刀のぶつかり合う音が、しばらく、絶え間なく響いた。

季蔵と武藤が各々の相手を斬り伏せた時、

「危ない」

武藤の声が鋭く飛んだ。

頭を殴られた一人目の男が、季蔵が斃した相手の刀を引き寄せていた。今にも季蔵の足首を捉《とら》えて倒そうとしている。

武藤と季蔵の間は一間半（約二・七メートル）は離れている。

武藤の刀が飛んで、刀を手にした男の胸に突き刺さった。

声もなく相手は息絶えた。

武藤は唯一、まだ生きている三人目の男を見下ろして、

「このようなことを仕掛けた理由を明かせば、命だけは助けてやる」

冷然と言い放った。

「そ、そこのお、女――」

倒れている男の指が邦恵を指した。

「ずっと捜していて、口封じにと――」

「わかった。それでおまえたちの雇い主は？」

「錦堂扇右衛門。金は大番頭から貰った」

「よし」

武藤はごく無造作に、その男の背中を刀で刺し通した。男の身体はぴくっと震えて動かなくなった。

「殺《や》るか、殺られるか、それが我らの稼業であろう」

言い切った武藤の目には凄みがあった。

——やはり、わたしのことも調べがついていたのだ——

「それにこれからせねばならぬこともある。この男から錦堂に、邦恵を殺し損ねたことが伝わっては、後々難儀だ」

「邦恵さんとはるえちゃんは？」

季蔵が辺りを見回すと、はるえをしっかりと胸に抱いた邦恵が物陰から姿を現した。

「まずは、邦恵さんとはるえちゃんの安全を考えなければ——」

季蔵は一旦、近くの通称三角屋敷と呼ばれる町の川岸物揚場の無人の小屋に三人と共に逃げ込んだ。懐紙を取り出して、豪助《ごうすけ》とおき玖に宛《あ》てて、伝言を書いた。血にまみれた着物を脱ぎ捨てると、褌《ふんどし》一つになり、霜が下りている川岸に突っ立って、漁師が通るのを待った。

使いの者が見つかると、駄賃をやって豪助への以下のような伝言を託した。

急ぎ、汐留《しおどめ》橋まで、二人分の男の着物と、赤子の襁褓《おむつ》を頼む。

季蔵が隠れ者だとははっきり知らないものの、何か人には言えない事情があると察している豪助は、一刻（二時間）と経《た》たずに舟で駆け付けてきてくれた。

「この母娘をお嬢さんまで頼む」　季蔵

おき玖への伝言は以下である。

しばし、邦恵さんとはるえちゃんの世話を頼みます。理由は必ず後でお話しします。

季蔵

「わかったよ」

豪助は不安そうに武藤を見つめる邦恵とはるえを舟に乗せて、岸を離れた。

季蔵と武藤は小屋の中で二人だけになった。

「あなたは北町奉行烏谷椋十郎の配下であろう。あのお方はすでに見通しておられる。それがしを討てとの命も下っているはず。討たぬのか？」

武藤の声はいつもと変わらず穏やかだった。

「せねばならぬことがあるとおっしゃっていたので」

「錦堂扇右衛門を大番頭もろとも成敗するつもりでいる」

「それはお役目ではないはずです」

「実を言うとそれがしと邦恵は夫婦ではないし、はるえとは血を分けてもいない。甲州路を行く途中、ごろつきたちが旅の一行を取り囲んでいた。言うことを聞かなければ、こうなるぞと、供をしていた者たちが次々に殺され、御新造《ごしんぞう》の邦恵を脅して、連れ去ろうとしたところを助けたのだ。邦恵と店の者たちは子授け観音に詣《もう》でた帰りだったが、何と邦恵は懐妊していた。以来、邦恵は口を利けなくなった。利けないのではなく、お腹の我が子を守り抜こうという強い意志が成せる業なのか、口を開こうとしなかった。お役目で市中に呼ばれていたそれがしは、身分を隠すにも、邦恵のためにも、夫婦と偽るのが最良だと考えた」

「そのお役目に疑問を持たれたのですね」

「形だけとはいえ邦恵と一つ屋根の下で暮らし、日々、子どもの可愛い顔を見ているうちに、どうしても、このまま、今まで通り、言われた通りに、お役目をこなすことができなくなったのだ。上が決めることは、果たして、どこまで正しいのかと、上の正体さえ、くわしくは知らぬ我が身が情けなくもなった。一寸の虫にも五分の魂という奴だ」

武藤はうっすらと笑った。

「殺したちぐささんのことを調べたのもそれゆえですか？」

「あのお内儀を殺すのは、初めから、ためらいがあった。だがお役目だ。頼んでいるのは錦堂の主扇右衛門で、淫奔《いんぽん》な悪女の妻に苦しめられているという話だった。だが、実際に相対《あいたい》したちぐさは、あれだけ美しいのに、いつも、首の傷跡に布きれを巻き、兎のようにびくついていた。柚の香餅を食べている時と、こっそり、〝光徳寺〟と呟くほんの一瞬だけが幸せそうだった。しかし、お役目ゆえ、急《せ》かされて、薄茶の中に阿片を混ぜ、苦しまないように死なせた。お内儀の死に顔は、極楽の蓮《はす》の上で眠っているかのように安らかだった。そして、毒死と悟られないよう、庭に運んだ。それでも、やはり、気がかりで、光徳寺を訪ねて、御坊に事情を聞いた。そしてまた、先ほど、邦恵が口封じに襲われて、あの時、それがしが行き合わなければ、ちぐさ殿同様、邦恵もが、錦堂たち悪人の手に落ちていたことがわかった。それがしは自分のしてきたことが間違っていたのだと、はっきりと悟った。今こそ、それがしは我とわが生き様を糺《ただ》さねばならぬ。人を使って、旅の途中の若い娘や御新造を拐かし、下卑証文なるでたらめで縛って、身も心も苛《さいな》み続け、利を得てきた錦堂たちを、断じて許してはならぬのだ」

「わたしもお手伝いいたします」

季蔵は微笑んだ。

「ただし、錦堂だけはわたしが討ちたい」

「わかりました」

それから二刻（約四時間）の間、季蔵の長屋に戻った二人は、せっせと柚の香餅を作り続けた。

錦堂ではこの菓子が大変な人気であったという。

「店にいたのは五、六日だったので、皆の口にまでは入れてやれなかった。それゆえ、改めて届ければ、必ずこれに夢中になるはずだ。店の者たちが、柚の香餅に気を取られている隙に扇右衛門を討つ」

「よい考えです」

柚の香餅が入った重箱を両手に提げて、二人は錦堂の前に立った。

「ほんの挨拶代わりでございます」

武藤は大番頭にぺこぺこと頭を下げた。

季蔵も倣って頭を垂れた。

「それはよい心がけですな」

ごくりと生唾《なまつば》を呑み込みつつ、大番頭は武藤の耳に口を寄せた。

「これはどなたかのお指図かな」

「左様にございます」

「まだ礼金が足りぬと？」

「まあ、そんなところでございましょう」

「お指図とあっては致し方ない。後で旦那様にお伝えするとしよう」

「どうか、皆様で心ゆくまで御賞味ください。美味しい美味しい柚の香餅でございます」

武藤は大声を張り上げた。

すると、

「あの柚の香餅?」

「ぷんぷんとああ、いい香り」

「わたしたちもいただけるようですよ」

「そろそろ八ツ刻ですし」

手代や小僧、下働きたちが集まってきた。

二人は柚の香餅を置いて店から出ると、裏へと廻った。

「裏手には茶室があって、毎日、八ツ刻には主と大番頭が籠《こ》もって話していた」

武藤の言葉通り、茶室の前には履物が揃えられているが、今のところは、主のものと思われる草履一足であった。

武藤が中へと入った。

季蔵は木の陰に隠れて、あたりを見回している。

勝手口から大番頭が歩いてきた。

季蔵は自分が隠れている木を通りすぎたところで後についた。

茶室の前で大番頭の首が傾《かし》いだ。

――武藤さんの草履の痕に気づいたようだ――

間髪を容《い》れず、季蔵は背後から相手に飛びかかって押さえつける。

用意してきた手拭《てぬぐ》いを、力一杯鼻と口に押しつけ続けると息が絶えた。

茶室から武藤が出てきた。

額から汗を流しつつ、開いた両手を見つめている。

——その手で首を絞めて成敗したのだな——

「殺さぬのか」

錦堂を出たところで武藤が訊いてきた。

「ええ」

「どうして？」

「あなたを殺したくないからです」

季蔵が応えると、

「そうか、わかった」

武藤は足早に走り去った。


何日かして武藤から、以下のような文と下卑証文の束が届いた。

錦堂が隠していた下卑証文を多数見つけた。どうせ、表沙汰にはならぬであろうが、何かの役には立つかもしれぬ。

邦恵とはるえは、甲州は富士川の柚屋惣兵衛という屋号の店へ送り届けてやってほしい。

柚屋惣兵衛は、柚使いに熱中しはじめた邦恵が、時折、呟く言葉だった。

邦恵は、柚屋惣兵衛に嫁いでいたのではないかと思う。

この時の邦恵は、はるえを見守っている時と変わらず幸せそうだった。

それがしのことは探さないでほしい。

一生分の幸せをあなたや市中の人たち、邦恵やはるえから貰ったのだから、それでもう充分だ。

今更、素性を明かす必要などないのだが、無役の旗本家の四男、五男の中には、剣の腕を見込まれて、白紙掛《はくしがかり》という、秘されたお役目を仰せつかる者がいる。

白紙掛——どんなことでも、上の命ならば正しいと信じて従うお役目で、実際には、悪人の用心棒から人殺し、何でも請け負わねばならない。

わたしもその一人だ。

白紙掛を辞することはできない。

辞するは自害を意味する。

たとえ骸が上がっても誰ともわからぬよう、裸になって石を背負い、海に飛び込み、藻《も》屑《くず》となるのが、白紙掛の矜持《きょうじ》であると聞かされてきた。

わたしも先人に倣うつもりでいる。

塩梅屋季蔵様

武藤多聞

武藤の願った通り、季蔵は邦恵とはるえを、柚の産地で知られる富士川沿いにある、柚屋惣兵衛の店に送り届けた。

迎えた惣兵衛と邦恵は互いの名を呼び合って抱き合った。

「たしかにわたしの子だ。邦恵、よく頑張って生きていてくれた」

周囲が勧めても、頑として後添えを貰わなかったという惣兵衛は、器量好しのはるえに似た美丈夫であった。

「わたしの愛しい夫」

目の前で下卑証文が破られて燃やされるのを見た邦恵は、話しかけ、呼びかける声を取り戻していた。

――これで武藤さんにも喜んで貰える――

季蔵は肩の荷がやっと下りたような気がした。

市中に戻ると、

「あら、以心伝心かしら。今、お奉行様の文が届いて、今夜、おいでになるって。献立は何にしたものかしら？」

「柚はまだ残っていますか？」

「一つ、二つはね」

「それでは三吉に甘鯛《あまだい》を買いにやらせて、柚風味の奉書焼きにしましょう。あと一品は常備の柚巻き大根を」

柚風味の甘鯛の奉書焼きは、ほうじ茶と松葉を敷いた奉書の上に、塩、醬油、味醂、酒をまぶした甘鯛の切り身を載せ、輪切りにした柚を置いて、きっちりと包み、七輪に渡した焼き網で蒸し焼きにする。

焼き上がったら、残りの柚約一個分の搾り汁をかけて仕上げる。

柚巻き大根の方は、人差し指の長さほどに、ごく薄切りにした大根をざるに広げて、半干しにし、千切りにした柚を芯にして巻き、糸を通して吊して陰干しにする。

柚の搾り汁に酢、ざらめ糖、出汁、塩を混ぜた漬け汁に、陰干しにした柚巻き大根を漬け込む。

この柚巻き大根は、漬けた翌日くらいから食べることができ、一月は保《も》つという優《すぐ》れ物であった。

夕刻に訪れた烏谷は黙々とこれらを食べて、

「錦堂と関わっていた者たちの名が書かれたものと、下卑証文はしかと御重職方にお渡ししたぞ」

重々しく告げた。

「お咎《とが》めやお調べは？」

あるはずなどないことは承知している。

「我らの分では沙汰を待つだけだが、錦堂は闕所《けっしょ》になった。そして、亡き主とお内儀との間にできた女の子は、わしが預かって、然《しか》るべき養い親を見つけてよいというお許しをいただいた」

「錦堂とちぐささんの間に子が？」

季蔵の知り得なかった事実である。

「赤字で首が回らなくなった錦堂が考えついた裏の仕事は、いたぶり女の斡旋《あっせん》だった。錦堂は拐かして連れて来させた旅の女たちを、さんざん弄《もてあそ》んでは、ちぐさのような仕事をさせ、甘い汁を吸っていたが、客が飽きてきたと見澄ますと、どこぞに売り飛ばしていたということが、奉公人から聞いてわかった。今まで何人もの女たちがいたそうだ。だとすると、なにゆえ、ちぐさに限ってお内儀に据えて、わざわざ殺したのかと不思議に思えて、調べてみたところ、半年ほど前に、長年奉公していた婆さんが暇を取って故郷に帰っていた。婆さんは錦堂扇右衛門の乳母《うば》を務めてたことがあるとわかって、在所を調べさせたところ、赤子を引き取って育てていて、頼まれ事の一部始終を白状した。錦堂は我が子の母親だからと、ちぐさをお内儀にはしてみたものの、窶れすぎて、この先、売り物にもならないとぼやいていたそうだ」

――身寄りのない子どもたちを、独り立ちするまで、養っているところが尼寺には多い。錦堂のような人の心を持たない奴の元では、たとえ、血のつながる我が子でも、どんな扱いを受けるか、知れたものではない。ちぐささんは悩んだ末、仏門に入って、尼となり、たとえ母親と名乗れなくても、我が子の成長を見守るつもりだったのだろう――

「もしや、その子を引き取ってもいいという方は、錦堂ゆかりの方々の中においでだったのでは？」

「まさに。女の子だけに、まだ赤子だというに、先の邪な愉《たの》しみを想い描く輩はいるものだ。客の名簿や下卑証文がなければ、身分が高いか、唸るほど金のある家に引き取られ、けだもの同然の父親を持つことになっていただろう」

「ありがとうございました」

——これであの世のちぐささんもやっと安らかに眠ることができる——

知ってか、知らぬのか、武藤多聞の名は、烏谷の口から出なかった。

季蔵はこの話を安徳に伝え、闕所になって跡取りが絶えた錦堂の墓から、ちぐさの骸を光徳寺に移した。ちぐさの遺した金子は、赤子が成長するまで、安徳が引き続き預かることとなった。

松次は世話をしていた松吉について、

「何でも、庭いじりが好きな奴でね。花みてえなお内儀さんに惚れちまったくれえだから、綺麗な花を咲かすのも好きで好きでなんねえらしい。ってえもんだから、染井の知り合いに頼んでやったところ、筋は悪くねえってことで、あっちで修業することになったよ」

多少、寂しげに告げた。

武藤一家が住んでいた長屋は、まだ、空いたままだが、季蔵は配れるほどには熟成していなかった柚酒の大瓶や、吊してあったゆべしを塩梅屋まで運んだ。

——柚味噌や美顔水を喜んだ太郎兵衛長屋の人たちは、きっと、首を長くして待っていることだろう——

もう少しで柚酒が飲み頃に、ゆべしが食べ頃になる。

この先、季蔵は柚酒だけは造り続けようと思い定めている。

——武藤さん一家と過ごした、悲喜こもごもの時の輝きを忘れないために——。遠いところへ旅立ってしまった武藤さんへの鎮魂のために——

〈参考文献〉
『江戸東京野菜　図鑑篇』　大竹道茂監修　（農山漁村文化協会）
『手しおにかけた私の料理　辰巳芳子がつたえる母の味』　辰巳芳子編　（婦人之友社）
『農家が教える発酵食の知恵』　農文協編　（農山漁村文化協会）
『ふぐの文化』　青木義雄　（成山堂書店）
『柚子のある暮らし』　中村成子　（文化出版局）